L'ÉTRANGÈRE

Né en Hongrie en 1900, Sándor Márai connaît dès ses premiers romans un immense succès. Antifasciste déclaré dans une Hongrie alliée à l'Allemagne nazie, il est pourtant mis au ban par le gouvernement communiste de l'après-guerre. En 1948, il s'exile et part pour les États-Unis où il mettra fin à ses jours en 1989. Depuis une dizaine d'années, il jouit dans le monde entier d'une réputation égale à celles de Zweig, Roth ou Schnitzler.

Paru dans Le Livre de Poche :

LES BRAISES

LES CONFESSIONS D'UN BOURGEOIS

LA CONVERSATION DE BOLZANO

DIVORCE À BUDA

L'HÉRITAGE D'ESTHER

LIBÉRATION

MÉMOIRES DE HONGRIE

MÉTAMORPHOSES D'UN MARIAGE

LE MIRACLE DE SAN GENNARO

PAIX À ITHAQUE

LE PREMIER AMOUR

LES RÉVOLTÉS

UN CHIEN DE CARACTÈRE

SÁNDOR MÁRAI

L'Étrangère

ROMAN TRADUIT DU HONGROIS PAR CATHERINE FAY

ALBIN MICHEL

Titre original :

A SZIGET

Ouvrage traduit avec le concours du Centre national du livre

ISBN : 978-2-253-16673-3 – 1re publication LGF

38°Celsius

Le café est servi sur la terrasse en plein air, à l'abri des parasols multicolores.

Le premier à quitter la salle à manger commune est le porte-parole et boute-en-train de la tablée des Allemands, ce fabricant de porcelaine au crâne rasé qui transpire beaucoup et qui, entre deux plats, utilise sa fourchette et son couteau pour tambouriner de façon obsédante les rengaines à la mode sur la table ou le bord de son assiette. « *Nimm dich in Acht vor blonden Frauen*[1] », fredonne-t-il en imitant le style et le ton de l'actrice célèbre, à chaque fois que la maîtresse de maison, la directrice aux cheveux couleur de paille de l'hôtel *Argentina*, pénètre dans la pièce. Cette allusion badine au double sens caché derrière tout « commerce » déclenche à chaque occasion une hilarité méritée.

1. « Prends garde aux blondes ! » Allusion à Lola – Marlene Dietrich – dans *L'Ange bleu.* (Toutes les notes sont de la traductrice.)

Le fabricant de porcelaine arbore son uniforme d'été – pantalon de toile jaune, chemise de sport sans col ouverte sur sa poitrine creuse, brûlée par le soleil et tapissée d'une toison grise, bretelles brodées de motifs bavarois, lunettes de soleil cerclées d'écaille et casquette blanche – déguisement de vaudeville pour spectacle d'amateurs. À la porte qui donne sur la terrasse d'où on voit la mer, il s'arrête comme un cheval qui se cabre, au bord de la panique. « *Schon übertrieben*[1] », dit-il dans son style télégraphique habituel, d'une voix criarde et triomphante, et tellement fort qu'on l'entend de la salle à manger. Il hoche la tête comme s'il était témoin d'une catastrophe inattendue et derrière ses lunettes de soleil, ses yeux de myope clignent vers la mer et vers le ciel.

Il se tourne vers le thermomètre accroché au montant de la porte et, avec effort, comme si son regard habitué à lire des températures normales ne supportait pas la vision de la colonne de mercure grimpant sans arrêt, il déchiffre les degrés à mi-voix, presque respectueusement. « *Achtunddreissig*[2] », ânonne-t-il, le souffle court. Le ton de sa voix laisse percevoir l'engouement de l'homme du XXe siècle pour les records. Il pousse du pied la porte vitrée de la salle à manger et crie en direction des convives : « *Achtunddreissig im Schatten*[3]. » Le groupe invi-

1. Ça dépasse les limites !
2. Trente-huit.
3. Trente-huit à l'ombre.

sible ne réagissant pas à cet avertissement, il ajoute pour lui-même : « *Alle Achtung*[1]. » Puis il avance à pas lourds sur la terrasse dont le sol sec réfléchit la chaleur et, traînant ses pieds plats chaussés de tennis, s'affale sur la seule chaise longue protégée du soleil par les branches d'olivier penchées au-dessus de la balustrade.

Il reste allongé, seul, pendant un moment. Il tire de sa poche de pantalon un journal allemand soigneusement lissé et plié. Comme si, par ce geste, il voulait alerter les consciences de ceux qui sont encore agglutinés à côté des bouteilles d'eau minérale glacée et de leurs restes de sorbets transformés en petits lacs, et pour l'instant relativement préservés de la chaleur derrière les persiennes baissées et les ventilateurs bruissants. Pendant le déjeuner, un marchand local a fait son apparition devant la maison. Sur la balustrade en pierre, il a étalé sa marchandise artisanale, des nappes brodées, des châles, des couvre-lits multicolores tissés à la main. Sous la terrasse, il y a deux jardins suspendus assez escarpés – un court de tennis et le jardin potager, ce dernier presque au niveau de la mer ; de la terrasse part un escalier étroit, sinueux et recouvert de gravier, qui mène à la baignade. Le marchand monte et descend les marches, silencieusement, avec des mouvements élégants et retenus. Il a remonté des cailloux du jardin et les a utilisés pour lester sa marchandise aérienne qui s'enroule, soulevée par

1. Pour votre gouverne.

moments par un souffle brûlant venant de la mer. Le marchand, avec ses babouches de coton noir, ses bas de laine blancs, sa culotte de suédine noire que l'usure a rendue grise et son gilet à manches courtes, orné de brandebourgs rouges et tombant jusqu'à sa taille bien prise, va et vient, tristement mais sans affectation, comme s'il participait à une cérémonie de deuil singulière. Les motifs et les couleurs des broderies et des tissus s'harmonisent avec les contours estompés du paysage, le dessin mélancolique et austère des rochers, la tonalité gris-vert de la végétation brûlée. L'homme, ses mouvements et sa marchandise ne se détachent pas plus nettement du paysage que les oliviers ou les buissons de joubarbe[1]. Plus tard, il s'assied modestement sur la première marche à partir de la terrasse, regarde devant lui en souriant et arbore une expression d'attente incertaine.

Les convives allemands font leur apparition à la porte, en masse, bruyamment, sachant que le danger ne peut les atteindre car l'union fait la force. Le couple qui dominait déjà la tablée ouvre la marche, la femme, brune, maigre, au visage agréable, et le mari, descendu déjeuner en gardant son pyjama avec une désinvolture ostentatoire; il parcourt la terrasse devant son épouse, les lunettes plantées sur son nez camus, d'une démarche maladroite de myope, tout en pointant sa bedaine vers l'avant avec l'autorité d'un chef de tribu qui conduirait

1. Artichaut sauvage.

résolument son peuple à travers des territoires dangereux. Eux aussi observent qu'il fait très chaud. Les femmes portent des tissus imprimés bon marché, marqués par la transpiration. La chaleur est si lourde à cette heure, si pénible et si collante que les corps donnent une impression de fardeaux malpropres. Seule une femme aux cheveux cendrés et aux yeux gris se détache du groupe des Allemands – vêtue de blanc, elle répand une sensation de fraîcheur et elle se déplace, hautaine et pâle, dans cette vapeur invisible et gluante, comme dans son élément, avec la familiarité propre aux femmes anémiées, car elle sait que parmi les corps moites de second rang, elle est la seule à pouvoir affronter la nature rusée, comme si au lieu de peau, ses muscles maigres étaient recouverts d'une fine membrane d'amiante et que son corps renvoyait ainsi l'ardeur de la température. « *Achtunddreissig !* » remarquent les membres du groupe qui viennent d'arriver ; ils reprennent leur souffle, émettent de petits rires confus tout en prenant la mesure de cette chaleur torride. Vu la saison, la température sort de l'ordinaire, même ici, dans ce coin le plus au sud de l'Adriatique, abrité des vents et toujours d'une moiteur tropicale. Un monsieur, employé de ministère à Belgrade et dont la barbe d'un noir charbonneux taillée en carré à la Henri IV laisse parfois échapper une goutte de sueur grasse, se souvient qu'il y a quatorze ans, ici, à la même période de l'année, il pleuvait, un vent glacé soufflait et seuls les plus courageux se baignaient dans la mer.

Le groupe s'est dans l'ensemble plus ou moins installé. Les chaises longues collent d'humidité. Le marchand s'est levé, comme si le moment était venu pour lui, il se poste à côté de ses tissus et sourit. Mais les dames le contemplent avec une incertitude indolente et en fin de compte, personne ne bouge. À l'instar de certains insectes simulant la mort en situation de danger, les membres du groupe jouent l'immobilité. « *Zepp – macht – Arktisfahrt*[1] *!* » dit le fabricant de porcelaine, au-dessus de son journal, en style télégraphique ; non seulement il ne recule pas devant la folie du climat mais il estime nécessaire de tenir ses compatriotes défaillants régulièrement informés des nouvelles du monde civilisé. Le seul écho que rencontre son annonce consiste en quelques faibles remarques sur les différentes températures terrestres et la supériorité de la technologie allemande. La chaleur commence à sentir mauvais sous les parasols multicolores. Chose curieuse, on ne voit pas le soleil. Comme si la surchauffe atmosphérique provenait de cuves invisibles : rien ne trahit son origine. À côté de la balustrade en pierre, le marchand au torse svelte et noir se détache de façon tellement précise sur le fond gris clair, il paraît si fragile et si souple qu'il pourrait faire partie de la flore – on croirait qu'il respire, bouge et s'épanouit en même temps que le paysage, les oliviers et les cactus qui vacillent parfois sous la pression d'un courant torride. Ce

1. Zepp part en voyage dans l'Arctique !

souffle ne laisse aucune trace dans le paysage, ne rafraîchit pas, il ne fait que le traverser en rôtissant l'épiderme des hommes et des plantes – ici, sur la terrasse, cette fournaise agit sur les nerfs comme si, du fond d'une cale, les soutiers avaient ouvert un instant les vannes d'une chaudière, et que cet air à cent degrés était venu embraser le pont du bateau. Sur la peau, la trace qu'il laisse est celle d'une brûlure au premier degré. Tout cela est exceptionnel pour une fin de mois de mai.

À l'intérieur, dans la salle à manger, on en a terminé avec le premier service. Les hôtes de l'*Argentina* que cela arrange de déjeuner de bonne heure envahissent les bancs et les chaises longues sous les parasols bariolés de la terrasse. De la vapeur s'échappe de la mer, comme si elle était sur le point de bouillir. Le bâtiment avec ses jardins suspendus ressemble au mirage d'un grand voilier – un navire aux voiles repliées qui voguerait vers l'horizon, entre le gris du paysage et le gris de l'eau, avec une lenteur infinie. Cet *Argentina* est le meilleur établissement de la côte ; le maître d'hôtel a été premier *steward* sur le bateau de plaisance d'un monsieur distingué, originaire de ces rivages, qui a fait bâtir, il n'y a pas si longtemps, cette maison somptueuse pour son usage personnel. Aujourd'hui encore, ce bateau déclassé fait la navette entre Zara et Cattaro ; la fastueuse résidence d'été, équipée d'objets raffinés, a été transformée en hôtel et, à ce qu'on raconte, le noble ruiné s'est retiré dans une clinique du côté de Split après l'effondrement de sa fortune. Ce sont les agences de voyages qui envoient les touristes, en leur faisant miroiter des promesses que l'*Argentina* ne tient qu'en partie. Parmi celles-ci, un grand rôle est dévolu aux « jardins suspendus », qui ne sont en réalité que des plates-bandes potagères, et à la « plage privée », un endroit distingué et exclusif, certes, mais quasi inutilisable à cause des galets dont elle est recouverte. Malgré l'ingéniosité des agences de voyages, la réalité se révèle lentement et l'*Argentina*, en dépit de sa magnificence d'antan, s'est vu contraint de baisser ses tarifs. C'est une clientèle soucieuse de son argent qui fréquente l'établissement, des touristes qui connaissent des mois à l'avance et au centime près le montant qu'ils sont prêts à consentir pour leur villégiature. C'est ainsi que l'*Argentina* a troqué son statut de demeure luxueuse pour celui d'honnête maison « bourgeoise », forcée de s'adapter au niveau de vie et au bon vouloir de ses hôtes. Par exemple, après les fruits, on ne distribue plus de rince-doigts.

Les convives se côtoient sur la terrasse avec la familiarité forcée inhérente à une couche sociale dont les membres acceptent avec fatalisme le fait que, en dessous d'un certain prix de pension, ils ne peuvent exiger le luxe raffiné de la solitude et de l'isolement. Les repas sont pris en commun, le menu est le même pour tous, le café servi tiède la plupart du temps, et le client qui n'aura pas prêté attention au gong de neuf heures ne pourra déjeuner en retard que par faveur spéciale de l'ancien *steward.* Mais ceux qui croient que l'*Argentina* a abandonné sans laisser de trace son rang de jadis et ses aspirations au faste se trompent. Aujourd'hui encore, le maître d'hôtel répond en français aux doléances de certains clients qui rassemblent à grand-peine leurs souvenirs confus et fragmentaires de cette langue apprise au lycée ; tous les deux jours, les femmes de chambre à la peau brunie par le soleil mettent des fleurs fraîches dans les chambres avec bain donnant sur la mer. Et quelle que soit la langue dans laquelle on lui demande la note, le *steward* d'antan s'entête à l'appeler *facture**[1]. Comme l'ancienne résidence d'été ne dispose pas de vastes pièces communes – hormis peut-être la salle à manger où, à toute heure du jour, on est en train de mettre ou de débarrasser le couvert, et le *hall* contigu où s'entassent des ottomanes mais où le séjour est rendu impossible à cause des relents de nourriture filtrant de la salle à manger –, le client qui passe plus de trois jours en ce lieu n'a d'autre choix que de se fondre dans l'étroite convivialité physique et le bruit de mastication que le partage des repas, de la plage, de la terrasse et des salles de bains contraint les résidents à subir.

L'atmosphère, commune à tous les endroits de ce genre, vibre de l'excitation électrique provoquée par les commérages du jour et une surveillance efficace bien que discrète. Les couples arrivent par

1. Les mots suivis d'un astérisque sont en français dans le texte.

intermittence, déclenchant à chaque fois des réactions presque théâtrales. « *Comme de la chaleur sèche dans un bain de vapeur !* » dit en français un monsieur à la peau mate, à l'allure remarquablement jeune mais aux tempes presque artificiellement grisonnantes, vêtu d'un costume en soie sauvage, et qui collectionne depuis deux jours des succès galants. Il a murmuré ces derniers mots à la dame croate avec laquelle il vient de franchir la porte de la salle à manger, une jeune femme distinguée de Zagreb, aux courbes harmonieuses arrondies par la maternité, qui passe l'été ici avec ses deux enfants et leur nourrice et qui loue plusieurs chambres avec vue sur la mer au rez-de-chaussée. En chuchotant sa remarque à l'oreille de sa compagne, le monsieur qui entend bien faire partager au public une miette de sa gloire, se mord langoureusement la lèvre. Les fenêtres de la chambre de la dame de Zagreb donnent directement sur la terrasse ; même les femmes de ménage comparent ouvertement les avantages et inconvénients des chambres du rez-de-chaussée. On peut comprendre que la clientèle bourgeoise de cet établissement trouve remarquable le tempo des amours de la mère de famille de Zagreb qui, jusqu'à il y a trois jours – à en croire les fins observateurs – a accueilli, au voisinage de ses jeunes enfants, les visites nocturnes d'un officier subalterne de la marine marchande dalmate. À peine l'ancre du cargo nommé *Dubrovnik II* levée, la jeune dame passionnée qui se promène toute la journée entre la plage et les jardins suspendus, un recueil de vers de Rilke à la main qu'elle emporte même sur le court de tennis – où elle ne joue pas, et ne lit pas non plus, mais bavarde de façon vive et aimable avec tout le monde – a sans transition manifesté des signes évidents de sympathie à cet étranger brun venant de surgir, dont on ne savait rien sinon qu'il était turc et portait des costumes de soie sauvage. Quant aux membres de la communauté allemande, pris individuellement ils sont plutôt timides et polis à l'excès, presque pusillanimes ; les enfants de cette grande nation ont parfois l'habitude de se comporter à l'étranger comme s'ils considéraient qu'on leur en veut pour quelque obscure faute originelle ; toutefois, dès qu'ils se retrouvent en groupe, ils deviennent à l'inverse téméraires et enclins à la critique, par exemple à l'arrivée de l'amoureuse croate et de son douteux chevalier servant ; dans le concert de commentaires qui les accueille, résonne le terme « *Balkansitten*[1] ». Mais ils finissent par les accepter avec le sourire réservé à des compagnons de misère souffrant de la même fatalité climatique. L'instant est en effet critique. La météorologie atténue les préjugés. « Je m'étonne », dit à voix basse à son voisin la femme brune au visage agréable, épouse du monsieur allemand à la dure bedaine, vêtu d'un pyjama, « je m'étonne que par une telle température, cette personne ait encore des envies. » L'observation est d'ordre technique. Ils hochent la tête. Le Turc cherche une

1. Habitudes balkaniques.

place pour l'élégante dame croate. « C'est comme chez nous », remarque-t-il, tout en se déplaçant avec l'aisance d'un familier des températures tropicales ; il pousse une chaise vers la balustrade, et, avec un sourire langoureux, souffle à l'oreille de la dame comme si c'était un secret intime : « Les bains turcs sont tout aussi chauds. »

Deux jeunes femmes de chambre, brunes aux yeux de braise, que dans son humeur badine le fabricant de porcelaine s'obstine à appeler « les indigènes », servent le café sous la surveillance sourcilleuse de l'ancien *steward.* La famille grecque, en particulier les femmes, souffre terriblement de la canicule. Le chef de famille, un vétérinaire du Pyrée d'un embonpoint maladif, se demande, dans un allemand approximatif, quel avantage médical peuvent offrir le thé ou le café brûlant par une telle chaleur. Un monsieur hongrois, que ses compatriotes ne se risquent jamais à appeler autrement que « monsieur le Député », confirme l'opinion largement répandue concernant les vertus des bains très chauds. Pendant quelques instants, on dirait que la canicule leur fait à tous perdre la raison : un vacarme soudain brise la torpeur, un tumulte de gloussements idiots, de rires nerveux et de paroles volubiles en plusieurs langues. Puis, presque sans transition, tout le monde se tait, épuisé. Surgit alors le couple bulgare en voyage de noces, l'avocat de Varna et son épouse qui a piqué des marguerites jaunes dans ses cheveux de jais avec presque autant de ferveur qu'une demoiselle d'honneur ; ils sont tellement serrés l'un contre l'autre que même si la terrasse s'écroulait brutalement, ils resteraient unis jusque dans la mort. L'officier de Mostar qui passe toutes ses matinées sur un cheval de louage à trotter de long en large le long du rivage, avec l'obstination imparable des militaires, remarque haut et fort, d'une voix chantante et pour l'édification de ses semblables, que dans cette chaleur si extraordinaire il sent et respire « un goût âcre, un peu amer », en ajoutant par souci de précision : « comme si je mâchais sans arrêt un bâton de réglisse ». Se dirigeant vers la balustrade, quelques-uns observent l'horizon, comme s'ils en attendaient du secours. Vaguement, à travers la brume de chaleur liquide, on commence à discerner les remparts du sud de la ville ; de la vapeur s'échappe des rochers ocre. La dame anglaise d'un certain âge, sans doute la seule dans l'adversité à rester boutonnée jusqu'au menton et dont l'attitude disciplinée et à son aise semble faire fi de la folie des éléments, s'avance de quelques pas sur la terrasse pour examiner les tissages. De temps à autre, on entend le fabricant de porcelaine qui, en sécurité au sein de son groupe, donne de la voix pour dénigrer l'artisanat local et mettre en garde quiconque achèterait quelque chose à « ces gens-là ». « Autant de forbans et de francs-tireurs » : c'est dans ces termes qu'il vilipende le marchand et les autres habitants de cette région pittoresque et toutefois monotone. Le pasteur protestant, qui paraît en quelque sorte apostasié dans ses vêtements d'été clairs et un peu négligés, laisse parfois échapper, sur un ton déprimant de missionnaire, quelques remarques érudites concernant les traditions populaires de « l'espèce balkanique en voie de disparition ». Le monsieur hongrois qui, dans l'intervalle, a tenté de convaincre la dame croate de l'inestimable effet rafraîchissant des bains chauds, ouvre un journal de son pays, pas pour le lire, mais pour s'en éventer. C'est un homme à lunettes déjà un peu chauve, pas rasé, mortellement pâle, qui est arrivé il y a quelques jours, seul, mais jusqu'ici il s'est si peu fait remarquer que même les plus curieux des habitants de l'*Argentina* ne connaissaient pas sa nationalité. Il demande un verre *d'eau glacée* à la serveuse et répète d'une voix tremblante le mot *glacée*, avec une insistance nerveuse, comme s'il s'agissait d'un médicament. Le pasteur, qui a surpris cette demande en partant, se tourne aimablement vers l'étranger et, toujours avec la même bonne volonté missionnaire, lui donne un conseil : « C'est la pire des choses que vous puissiez faire maintenant, boire de l'eau froide. » Il le dit en allemand, avec une familiarité amicale. Mais comme il ne reçoit aucune réponse, même pas un hochement de tête, il hausse les épaules, vexé, et s'éloigne. Puis c'est l'entrée en scène du marchand qui attire l'attention générale ; il s'est agenouillé devant la dame anglaise, et c'est dans cette position qu'il lui sourit, comme sur les sculptures les petits génies veillent sur les grands hommes ; d'une main, il étale ses tissages multicolores comme s'il demandait à la dame élue de les fouler aux pieds et d'accepter en même temps le sacrifice de sa vie. Ce jeu muet de soumission fascine tout le monde. Il s'écoule ainsi plusieurs minutes.

Et pour un instant, dans ce brouhaha où l'on perçoit la sonorité lourde des consonnes inhérente aux accents balkaniques, les mots allemands retentissent comme des ordres conquérants : les soupirs, les grognements et les rires nerveux fusent dans la fournaise pour se fondre en vacarme indéfinissable. Celui qui observerait à ce moment la terrasse de l'*Argentina* assisterait à un étrange jeu sans paroles : la scène exagérément dramatique d'un opéra, au moment le plus tendu, lorsque le chœur vêtu de costumes méditerranéens arrête soudain de se lamenter et de se bousculer, et qu'on attend l'entrée en scène du ténor qui viendra enfin chanter son chagrin blessé. Mais ici personne n'apparaît. Seul le gong retentit dans la salle à manger et l'ex-*steward* ouvre la porte quelque peu théâtralement et, comme un figurant qui mettrait toute son application à jouer son rôle minuscule, il crie à la cantonade :

« *Monsieur Askenazi !* »

En baissant le ton, il ajoute avec sa manie du français :

« *On vous demande à l'appareil** ! »

Personne n'est véritablement surpris qu'à cette annonce, ce soit le monsieur à lunettes qui se lève – l'homme pâle comme un malade du cœur, qui a demandé un verre d'eau glacée un instant auparavant. On le regarde à la dérobée, on a l'impression de le voir pour la première fois, on le suit même des yeux un instant. « *Es-ist-fast-kaum-aus-zuhalten*[1] » dit le fabricant de porcelaine de façon assez inattendue, puis il se met debout. Les convives lèvent les yeux vers le ciel, en colère, comme si quelqu'un là-haut avait trahi un accord qu'il aurait conclu avec eux. Le fabricant de porcelaine finit son café puis se dirige vers la salle à manger. On l'entend encore répéter dans un couinement plaintif : « *Kaumauszuhalten* ». À l'étage, une femme de chambre ferme les unes après les autres les persiennes vertes. Les convives se retirent dans leurs chambres. Le deuxième service bat son plein.

1. C'est à peine supportable.

Askenazi ?
N'est-il pas originaire d'Ostrau ?

« *Warten Sie mal, Askenazi*[1] ! » dit le fabricant de porcelaine à voix basse, tout en posant sa main sur le bras du concierge. « *Askenazi, Askenazi. Mir scheint, er is aus Ostrau*[2]. » Mais la porte de la cabine téléphonique s'ouvrit avant que ce dernier pût répondre et l'étranger aux lunettes en sortit, toussant à s'étouffer, puis se dirigea vers le concierge en s'essuyant le front. Son front carré brillait, étonnamment blanc, et durant les six minutes de conversation, il avait dû tellement presser et tordre son mouchoir qu'il s'était transformé en chiffon. Il marcha rapidement vers la loge du concierge mais, s'arrêtant à mi-chemin, il introduisit sa main gauche dans son col puis essuya distraitement sa paume sur son pantalon.

1. Attendez un peu ! Askenazi ?
2. Askenazi, Askenazi… j'ai l'impression qu'il vient d'Ostrau.

« Il faut que je parte ce soir », dit-il, un peu essoufflé, d'une voix rauque. « Si je peux avoir un wagon-lit », ajouta-t-il aussitôt. Le fabricant de porcelaine s'avança à côté de la porte à tambour et se mit à scruter les publicités pour les compagnies de navigation locales, avec l'expression empreinte d'innocence rusée d'un détective privé surpris dans l'exercice de sa fonction. « Mauvaise nouvelle, Monsieur ? » s'enquit le concierge en sortant les horaires de train. N'obtenant aucune réponse, il ajouta, plus froidement : « Le wagon-lit ne s'accroche qu'à Split. Vous avez un bateau le matin à sept heures. Monsieur va à Zagreb ou passe par Venise ? » Accoudés au comptoir, leurs têtes se touchant presque, penchés confidentiellement l'un vers l'autre, ils parlaient en allemand. L'étranger se moucha longuement, presque complaisamment, dans le mouchoir déjà bien froissé.

À cet instant, la femme aux cheveux cendrés, au teint très pâle, qui traitait la cruauté du climat par le mépris, traversa le hall de l'hôtel. Elle aussi s'arrêta devant la porte à tambour et contempla, perplexe, la route où le vent brûlant soulevait des nuages de poussière. Avec des gestes étudiés, forcés, l'étranger et le concierge feuilletaient des horaires et des prospectus. L'étranger adopta une posture fabriquée à partir de souvenirs de films, jouant à l'homme du monde dans la scène du « hall de l'hôtel ». « Il y aurait bien un bateau », dit le portier, sur le ton complice et ravi d'un entremetteur recommandant une relation frivole, la bouche tordue en un rictus dévoilant ses dents grises en forme de bêches, en contraste avec son front ombrageusement froncé. « Un bateau qui appartient un peu à la maison. Le *Kumanovo*. C'est un bateau de luxe… le plus beau de cette contrée », ajouta-t-il avec brusquerie comme s'il se lançait dans une déclaration sentimentale. Sa voix tremblait presque de passion. L'étranger fixait l'espace devant lui, les sourcils froncés, avec une expression déplaisante. « *Kumanovo* ? » répéta-t-il. « Oui, ce bateau étroit… » Il se tut, sa main effleura nerveusement sa bouche, d'un geste hésitant, presque enfantin. Qu'avaient-ils tous ici avec ce *Kumanovo* ? Le premier jour, quand il s'était enquis des moyens de transport pour aller à Cattaro, le *steward*, le serveur, le barman et les femmes de chambre avaient tous recommandé le « *Kumanovo* », « le » bateau – et lorsqu'il avait osé demander s'il n'y avait pas d'autres moyens de communication, ils s'en étaient offusqués, manifestement vexés. Le *Kumanovo* était un bateau effilé à l'allure vacillante et, comme il s'en était rendu compte plus tard, il n'était en rien différent des vapeurs en service le long de la côte ; sa prétention au luxe n'était justifiée que par les deux palmiers du salon. Cédant à la pression du personnel, il avait fini par le choisir pour son excursion à Cattaro et l'avait amèrement regretté car sur le pont tout en longueur propice au tangage, il avait eu le mal de mer alors qu'ils rentraient de Cattaro dans la soirée. Le *Kumanovo* était la marotte des habitants du cru ; vingt ans après sa construction, l'ancien navire de plaisance du propriétaire de l'*Argentina* représentait toujours le summum de la navigation, le comble du luxe et de la beauté universelle pour le personnel et la population côtière. L'étranger cligna des yeux, embarrassé. « Hélas », dit-il avec un geste d'excuse car il voulait épargner la susceptibilité du concierge qui, comme tous les autres, n'aurait supporté aucune critique concernant leur frêle idole. « En réalité... En un mot, il faut que je sois à Split demain soir », ajouta-t-il d'un ton décidé. Ils continuèrent à discuter à voix basse. La femme aux cheveux cendrés traversa le hall à deux reprises, par désœuvrement. Telle une libellule exsangue, avec sa maigreur bruissante, elle faisait les cent pas sans ostentation mais avec une arrogance involontaire. Les portes claquaient à l'étage. À l'heure de la sieste, comme dans tous les endroits où derrière les portes closes, après un abondant repas, des personnes oisives s'abandonnent à l'intimité de la digestion et de l'union conjugale, l'atmosphère était ouvertement et impudiquement charnelle. « *Kumanovo* ou pas », dit finalement l'étranger avec un geste résigné. « Ma clé, je vous prie. Demain matin, sept heures vingt. Je descendrai en ville pour réserver la place de wagon-lit moi-même. » Il se dirigea vers l'escalier.

« *Zwoundvierzig*[1] », dit au même moment, d'une voix forte, la femme aux cheveux cendrés. Le concierge souleva sa casquette et lui tendit sa clé. La femme, comme si elle avait pris une résolution, sortant de son état mutique et de la transparence bruissante et soignée de son être, proféra le numéro

1. Quarante-deux.

de sa chambre avec l'emphase d'une déclaration mûrement réfléchie. Non seulement l'étranger se figea sur la première marche de l'escalier mais encore le fabricant de porcelaine se retourna sur elle. Quelque chose s'était produit, indéniablement. Le concierge, avec une discrétion professionnelle, leva les yeux vers le plafond. Sans tenir compte de personne, à pas tranquilles et réguliers, la femme passa devant l'étranger, le maintien droit, la tête en arrière et sans un regard ; ses jambes invraisemblablement minces et provocantes grimpaient aussi légèrement les marches qu'un insecte aux articulations fragiles gravirait l'écorce d'une branche d'arbre. L'étranger ne la quitta pas du regard jusqu'à l'angle de l'étage. Naturellement, dans sa vulgarité impudique, le fabricant de porcelaine fit quelques pas vers l'escalier pour suivre des yeux la silhouette qui disparaissait. « Elle n'est pas pour toi », pensa brusquement Askenazi avec une joie mauvaise. Cela le fit sourire, puis il haussa les épaules. Le fabricant de porcelaine, interprétant ce sourire de travers, ouvrit sa bouche lippue pour proférer quelque obscénité complice ; mais l'étranger, devançant la remarque, s'était déjà élancé dans l'escalier à la suite de la femme. « À vrai dire, elle ne me plaît même pas », pensait-il à présent ; et plus tard, lorsque cette constatation lui reviendrait à l'esprit, même après bien des années, il ressentirait une incompréhension obsédante quant aux raisons qui lui avaient fait ajouter ce « à vrai dire », à cet instant précis. Arrivé au tournant de l'escalier, il jeta un regard en arrière ; le concierge, la casquette à la main, souriait derrière son comptoir. Quant au fabricant de porcelaine, il était resté bouche bée et clignait des yeux d'un air embarrassé et désemparé, presque indigné, comme s'il avait reçu des instructions inattendues dont il ne comprenait pas entièrement la signification. Le message n'était en effet adressé à personne en particulier et c'est ce qui le rendait troublant. Askenazi et le concierge échangèrent un regard de connivence, néanmoins empreint d'incertitude ; le concierge se détourna lentement, comme s'il déclinait toute responsabilité pour ce qui pourrait arriver par la suite. Askenazi se dirigea alors vers le premier étage. À l'angle des marches il ressentit ce vertige particulier (plus tard, il invoqua cet étourdissement avec insistance mais sans grand résultat, comme si c'était une circonstance très signifiante, dont l'importance était déterminante, voire vitale, mais en même temps impossible à expliquer directement à une autre personne), cette impression d'avoir déjà monté cet escalier, vêtu du même costume, avec les mêmes chaussures, dans des circonstances identiques, en sortant de la cabine téléphonique, où il avait entendu les mêmes paroles lointaines que celles qu'il venait d'entendre, où il avait suivi à la trace cette femme qui prononçait le « *zwei* » avec l'accent berlinois « *zwo* » – cette sensation de vivre un mirage qui serait en même temps la réalité, la capacité de se mouvoir à l'intérieur d'un miroir où l'instant entier ne serait pas imbriqué dans le temps à sa véritable place. « C'est pourtant un phénomène bien connu », pensa-t-il incidemment, distraitement. « Bergson. » Il avança plus vite, enleva ses lunettes et s'essuya les yeux de ses paumes moites tout en continuant à monter. Sans ses lunettes, il avait de la femme une vision floue ; il pouvait y avoir une distance de dix mètres entre eux. La femme ne se retourna pas et se dirigea vers l'aile du deuxième étage qui donnait sur la cour. À l'angle entre les étages, elle sembla ralentir. Askenazi crut se rappeler que plus tard, au cours de leur brève conversation, il lui avait même demandé pourquoi elle avait ralenti – il se souvenait qu'en lui posant la question, une atroce tristesse s'était emparée de lui. Il lui semblait impossible de s'être trompé. L'espace d'une minute, il avait cru que seule son extrême myopie lui avait fait prendre cette lenteur provocante de la femme pour une manœuvre de séduction – mais tous ses sens n'avaient tout de même pas pu le tromper à ce moment crucial, en effet on ne se contente pas de *voir* les détails d'une scène essentielle : il avait entendu et senti la femme ralentir le rythme de ses pas.

Il y eut cet instant, cet instant précis où Askenazi ôta les lunettes de son nez et où la femme, de sa démarche froufroutante de sauterelle, se dirigea vers l'escalier menant aux chambres du deuxième étage donnant sur la cour – cet instant où elle ralentit perceptiblement, où ses pas devinrent hésitants, moins assurés que ceux de quelqu'un qui sait où il va – ce n'était pas non plus une flânerie plaisante, la femme progressait vers son but avec une démarche plus retenue – en fin de compte, on ne parle pas qu'avec des mots… Après coup, il crut qu'elle avait marqué une seconde de pause avant de s'engager dans ce couloir assez sombre. Mais peut-être l'avait-il seulement imaginé. « Bien sûr, si elle s'était arrêtée… », pensa plus tard Askenazi, qui, lui, s'était effectivement arrêté, avait essuyé ses lunettes et n'avait recommencé à voir clairement qu'une fois la femme disparue de son champ de vision. Chose extraordinaire : ce vertige, l'éblouissement du mirage, n'avait pas disparu à l'étage; il avait dû gravir la douzaine de marches avec une lenteur excessive, quelques minutes s'étaient peut-être écoulées depuis qu'il avait quitté la loge du concierge, mais la fantasmagorie durait toujours, imprégnée de souvenirs – errances stériles dans des villes inconnues, couloirs d'hôtels à la suite d'une femme qui ne se retourne pas, ascenseur dont elle vient juste de sortir et où flotte l'odeur capiteuse et sucrée de son parfum – mais ces réminiscences étaient liées à cette femme étrangère, précisément. Pendant qu'il manipulait la clé dans la serrure de sa chambre avec des gestes lents et maladroits, il tendait l'oreille vers l'étage supérieur. Voilà que la clé se coince maintenant – pensa-t-il curieusement –, ça aussi, je m'en souviens, la clé se coince et il faut jouer avec, la placer à l'horizontale, c'est le seul moyen d'ouvrir la porte. La serrure cliqueta doucement et Askenazi eut un sourire satisfait. Tout se répétait exactement comme si cette situation avait été inscrite dans une nécessité objective. Mais à ce moment, la même douleur physique s'empara de lui, les mêmes spasmes violents qui l'avaient secoué devant la cabine téléphonique peu de temps auparavant, une douleur inconnue, nouvelle, à un endroit indéterminé, quelque part entre l'estomac et le cœur, qu'il ne savait comment nommer – un coup, une torsion ou une secousse –, c'était si fort qu'il se plia soudain en deux et que le haut de son corps s'affala presque sur la poignée de la porte. Sous cette attaque inattendue, celle-ci s'ouvrit d'elle-même. Il abandonna quelques secondes sa main sur la poignée. En grognant faiblement, il se redressa, entra dans la chambre et referma la porte à clé.

« *Nein, beileibe, doch nicht aus Ostrau* », dit le fabricant de porcelaine. « *Ich kenn' ihn doch. Ist wohl in Advokatenfritze*[1] *!* »

« Ce monsieur est arrivé de Munich », répondit le concierge. Et, comme s'il estimait n'avoir aucune autre information à fournir, il s'assit derrière son comptoir. Puis, quand l'autre, après avoir réfléchi, lui demanda : « *Ein Reichsdeutscher also ? Heisst wohl Karl ? Ich kenn ihn doch* », il ajouta en se penchant sur son registre : « *Viktor Henrik. Viktor Henrik Askenazi. Wohnhaft in Paris*[2]. »

« *Ach, Paris* », conclut le fabricant de porcelaine.

D'après le ton dont ces paroles furent prononcées, le concierge ne parvint pas à établir si la nouvelle avait comblé l'industriel de plaisir et de confiance ou au contraire l'avait déçu et rendu méfiant.

---

1. Non, finalement, il n'est pas d'Ostrau. Mais je le connais. C'est un genre d'avocat.

2. C'est un Allemand du Reich alors ? Son prénom est Karl ? Je le connais. Viktor Henrik Askenazi. Il habite à Paris.

« Ridicule. À cause d'une femme… »

Askenazi, ou comme le concierge l'avait précisé, Viktor Henrik Askenazi, après être entré dans sa chambre et avoir verrouillé sa porte, resta un court instant immobile. Puis, à mi-voix, il dit : « Ridicule. À cause d'une femme ?… » Immédiatement après avoir prononcé ces mots, il jeta un regard inquiet autour de lui, se demandant si quelqu'un l'avait entendu. Les cloisons de l'*Argentina* étaient minces, il avait pu s'en rendre compte la nuit précédente. Il avança vers la fenêtre et ferma les volets. Sur le rebord était étalé son maillot de bain mal essoré et les gouttes d'eau de mer qui en tombaient avaient formé une mare sur le parquet. Entre les fentes des volets, il scruta la mer. « Pourquoi serait-ce ridicule ? » pensait-il à présent. « À cause d'une femme ? » Parfois, quand elle avait peur, Élise prenait son air insolent et provocant et disait : « Je ne suis qu'une femme… » Comme si elle déclarait : « Je ne suis que le Niagara. » De cet étage, on voyait le demi-cercle de la baie : l'île vert sombre en face, dont les contours se dessinaient en lignes foncées sur l'arrière-plan gris de la mer, et le bateau de plaisance anglais à trois cheminées qui, arrivé dans la nuit, y avait jeté l'ancre. Les deux canots à moteur blancs n'avaient cessé de transporter à terre les passagers que des officiers en uniforme blanc guidaient dans les ruelles de la ville. L'un d'eux, petit et gros, qu'Askenazi avait eu le loisir d'observer dans la matinée à l'aide de sa longue-vue, aidait trois dames en robe grise et chapeau à la florentine à descendre l'échelle reliant le bateau au canot. « Ils ont la vie belle », pensa Askenazi, complétant immédiatement avec espoir et un souci têtu de la vérité : « Sans aucun doute, eux aussi souffrent. » Même dans sa pénible situation, il prenait plaisir à contempler le bateau trapu d'une blancheur immaculée ; au-dessus des hublots, sur la poupe, il arborait les trois étoiles dorées de sa classe et sur la proue, flottaient les drapeaux anglais et yougoslave ainsi qu'un autre dont il ne connaissait pas les couleurs. Tout cela paraissait si proche, et la lumière aiguisait tellement le dessin du paysage qu'Askenazi, bien que peu expérimenté, éprouva l'envie d'aller nager autour du navire. Cette impulsion, il l'avait déjà ressentie à la plage alors qu'il se reposait dans une chaise longue et regardait le bateau à la longue-vue. Une fois, dans un port grec, il y avait très longtemps, « dans une autre vie », appuyé au bastingage, il avait observé deux passagères, une Italienne plus très jeune et sa dame de compagnie qui s'étaient jetées à l'eau à la tombée du jour et avaient nagé loin, en pleine mer, avec des mouvements d'une aisance et d'une familiarité dont Askenazi, même à terre, était incapable, ne serait-ce que pour marcher, simplement. Il nageait avec prudence, s'essoufflait vite, et en eau profonde il était saisi d'angoisse. « On ne peut pas tout faire », pensa-t-il, démoralisé. « Je ne sais pas patiner non plus. » Dans la matinée, immergé dans l'eau chaude et dense comme de l'huile, peut-être à cause de la fascination trompeuse de la lumière, il ne lui avait pas paru insurmontable de faire le tour du bateau anglais ; mais à peine avait-il parcouru quelques mètres qu'en le voyant de la surface lisse de l'eau, il s'était rendu compte, avec angoisse, qu'il était hors de sa portée – tels les immenses paquebots qui s'éloignent au bord de l'horizon, silhouettes floues dont on ne peut même pas savoir dans quel sens elles avancent. « Je ne suis pas dans mon élément, c'est pourquoi tout me paraît étranger. Quand on est dans l'eau, tout est différent. Il faut que je retourne sur le rivage. » Il y était parvenu, la peur au ventre. À présent qu'il appuyait son front aux volets, le navire lui semblait cette fois encore magiquement proche et il ne percevait pas le moindre espoir de pouvoir un jour « à nouveau atteindre le rivage ». Il s'efforça de compter les hublots du pont supérieur, puis les ouvertures d'aération. Il faisait tout cela comme s'il voulait étirer le temps jusqu'au moment où on l'emmènerait à l'échafaud ou dans une salle d'opération où lui seraient infligés des soins compliqués, bien pires à affronter qu'une sentence de mort. Il se dirigea à pas lents vers son lit et commença à se déshabiller.

Mais chaque mouvement lui arracha de petits cris. Il ôta sa veste puis sa chemise avec de pénibles contorsions et, pour continuer, il dut user de gestes compliqués et prudents, comme s'il devait libérer de ses vêtements un membre cassé, un bras fracturé au coude par exemple. Même le geste le plus précautionneux lui faisait mal, une douleur ridicule, brûlante, qui augmenta de façon presque insupportable lorsque, en enlevant sa chemise de soie sauvage, celle-ci effleura son dos. Il siffla doucement. Le torse à moitié dénudé, au milieu de la chambre plongée dans la pénombre, il fit quelques pas en direction du miroir encastré dans l'armoire et secoua la tête, saisi d'une surprise presque jubilatoire. Sa poitrine, son dos et surtout ses épaules (ainsi qu'il put le constater en tournant sa tête sur le côté) brillaient d'une lueur rosée comme de la viande crue dont on aurait arraché la peau. « Brûlure au premier degré » fut son diagnostic. Prudemment, du bout des doigts, il toucha un point sur l'épaule et retira précipitamment sa main, comme s'il avait frôlé une matière en fusion : l'épiderme de son dos, de sa cage thoracique, de ses bras était tendu, presque durci par l'inflammation. Il se pencha plus près de la glace et fut content de constater que sur le thorax, le ventre et l'estomac, la surface rougie était striée de traits blancs ; ce matin, il avait pris un bain de soleil, adossé à un rocher, avec son maillot de bain baissé jusqu'à la taille, et le soleil n'avait rôti que les parties saillantes de la peau de son torse et de son ventre. Maintenant qu'il se tenait droit, cela le faisait ressembler à un zèbre exotique aux rayures rouges et blanches – « Un zèbre irrégulier… Le métier me rattrape même devant ce miroir », pensa-t-il. Mais ce qui le préoccupa, voire l'invita à la méditation, était la prescience de son corps – celui-ci devait se douter de quelque chose ce matin et s'était préparé au grand mal imprévisible, en fournissant en guise de contrepoison cette petite douleur secondaire. « La souffrance physique fait du bien dans ces moments-là », songea-t-il avec espoir, « la maladie, les soucis matériels, la catastrophe naturelle aussi sont merveilleux. » Il s'assit, le torse nu, au bord du lit, les mains dans son giron, et observa l'image peu séduisante que lui renvoyait le miroir, d'un homme plus très jeune, à la calvitie précoce, au regard myope. Oui, le corps pressent sûrement ce genre de choses à l'avance. Il travaille avec des instruments et des informations inconnus. Il est mû par la forme d'instinct qui permet aux animaux de pressentir l'orage des heures avant qu'il n'éclate. On ne se laisse pas brûler ainsi par hasard : il n'avait pas touché le flacon d'huile solaire acheté le matin même et resté à portée de sa main. Il remua un peu et émit un cri. « Formidable, pensa-t-il, à quel point le corps prend soin de l'homme. Le corps est bon et intelligent. » Il soupira profondément, comme un enfant. Il s'allongea avec précaution sur le lit, en grognant, enleva ses lunettes, et c'est ainsi, ses lunettes à la main, qu'il s'installa, l'autre bras posé sous la tête, et ferma les paupières.

Au bout de quelques minutes, déçu, il constata avec une surprise inquiète que rien ne se produisait. « C'est comme une rage de dents, pensa-t-il, si on la menace, elle se calme. » Mais il ne voulait pas se détourner d'elle : « Puisque nous y sommes, rien ne doit être négligé, il faut en passer par là, dans le détail, et accepter d'en subir toutes les conséquences, sinon ça ne guérira jamais. Que ça fasse donc mal. » Il était allongé, immobile, et il attendait la souffrance. Maintenant qu'il était confronté à la certitude, il croyait que cette souffrance dont il n'avait eu qu'un avant-goût allait s'abattre sur lui comme un ouragan, le balaierait, le jetterait en l'air et lui arracherait peut-être un bras ou une jambe. Ça s'était déjà vu. Mais il ne sentait rien. Il bâilla. Prononça le nom familier une fois, très doucement, et comme cette audace, cette invocation, ne fut suivie d'aucun effet, il le redit par deux fois, à mi-voix, avec insolence. Il songea qu'il lui fallait faire attention maintenant. « Il est possible que j'en meure, mais cela ne se produit pas d'une minute à l'autre : comme si je m'étais inoculé la peste, il faut que je sois attentif, que je note chaque symptôme, je pourrai peut-être m'en servir plus tard pour d'autres. » Il éprouva un bonheur sincère, ressentit une bonne volonté profonde et altruiste. Il voulait noter tous les symptômes jusqu'au moment ultime où l'excès de douleur fait perdre la raison. Il savait que ce serait très difficile : quand le mal se déclare, les instruments de contrôle sont les premiers paralysés. De toute façon, il devait réaliser qu'il était contaminé et contraint de céder à la maladie tout en restant un observateur vigilant jusqu'au dernier instant.

« Il y a des médicaments, pensa-t-il, mais à quoi bon ? Ou des méthodes. Ce n'est peut-être qu'une anecdote mais, à ce qu'on dit, Kant oubliait avec méthode ; un jour il lui fallut congédier sa servante Lampe qu'il aimait beaucoup, parce qu'elle l'avait volé. Il la renvoya, mais cela le fit souffrir, justement parce qu'il l'aimait. La qualité inférieure du sujet aimé n'atténue pas la douleur de la perte », pensa-t-il. « Anna est incontestablement supérieure à Élise mais ce n'est pas elle que j'aime. » Plus tard, Kant écrivit en lettres majuscules sur un tableau qu'il lui fallait oublier Lampe. Ce tableau, il le regardait une heure tous les jours. « *Il faut oublier Lampe.* » Voyager ne sert pas à grand-chose. Le travail acharné, la recherche intellectuelle, les changements d'horizon, les distractions et la compagnie des autres ne sont pas d'une grande utilité non plus. On ne peut se fier aux méthodes. En réalité, il n'y a pas de méthode pour guérir. De même, la façon dont on meurt est individuelle et arbitraire et se fiche des méthodes éprouvées. Il souleva sa main et, pour la regarder, l'approcha de son nez. Il n'aurait pas été surpris d'y voir des taches, une inflammation, des stigmates mauves. Un signe quelconque. En cas d'appendicite par exemple, la formule sanguine se modifie. « Peut-être devrais-je prendre ma température ? » Il n'était pas allongé confortablement et cela l'agaça de se préoccuper d'une chose aussi mesquine à cet instant. Il attendait impatiemment les signes de l'infection, ils devraient se manifester dans une ou deux minutes, cela pourrait débuter par un simple mal de tête ou, comme au cours d'une septicémie ou dans l'érysipèle, par une éruption insignifiante, car certains streptocoques par ailleurs inoffensifs peuvent générer une inflammation n'importe où dans l'organisme. Il faudrait peut-être convoquer quelques détails. Plusieurs d'entre eux lui revinrent à l'esprit, non pas vraiment à la suite les uns des autres mais plutôt comme imbriqués, ramassés dans une sorte de grappe : une main, des souliers, une intonation, une grille à un coin de rue, quelque part à proximité de l'École militaire. Les fragments ne se dérobaient pas à son invitation : la grappe d'images était suspendue là, devant ses yeux, mais il n'éprouvait nul désir d'en cueillir une en particulier. Il fut presque pris de peur. « Je suis peut-être guéri », se dit-il, et il se dressa sur le lit. « Peut-être n'est-ce pas vrai. Car ici il n'y a rien, rien » Il s'assit, vraiment effrayé, et cligna des yeux. À cet instant, la douleur l'empoigna – ce spasme singulier entre le cœur et l'estomac –, s'empara de lui et le plaqua à nouveau sur le lit. Il tomba à la renverse.

Ses lunettes lui échappèrent des mains. « C'est pire que je ne croyais », eut-il le temps de penser, à moitié évanoui, avec une épouvante jubilatoire à l'idée que finalement « quelque chose » se passait. Il remonta les genoux, comme tordu de convulsions, et tout en râlant, il fut pris de hoquets réguliers.

*

Viktor Henrik Askenazi était arrivé quatre jours auparavant dans cette vieille ville ; il avait pris le bateau à Split et, à l'origine, il avait projeté d'aller plus au sud, vers une des îles grecques. Mais déjà dans le train, la nuit, plusieurs signaux l'avaient alerté sur l'issue désespérée de son entreprise. Il avait passé à Munich trois jours tranquilles, extraordinairement – presque incroyablement – paisibles et sereins, en grande partie en compagnie de collègues dont il ne connaissait certains que par leurs œuvres et par des échanges de lettres ; à son départ, tandis qu'il se débattait avec le porteur et ses bagages, il fut brusquement assailli par la certitude qu'il avait oublié quelque chose à l'hôtel. Le sentiment de perte qui s'empara brutalement de lui et la peur qui s'ensuivit étaient disproportionnés par rapport aux objets qu'il avait emportés pour son voyage. Ses bagages étaient étalés autour de lui sur le quai, le porteur bavarois n'avait pas manqué de transporter son grand sac de voyage, une sacoche à main ainsi que son parapluie et sa canne enroulés à l'intérieur de sa couverture en poil de chameau ; il tâta ses poches à la recherche de son portefeuille, son passeport, son carnet de notes : tout était en place, y compris les horaires de train. Il confia ses affaires au porteur et comme il lui restait huit minutes avant le départ, il se précipita au pas de course vers l'hôtel d'en face. Sans se soucier ni du concierge éberlué, ni des questions circonspectes du *maître d'hôtel*, il demanda la clé de la chambre où il avait passé trois journées insouciantes et calmes, n'attendit même pas l'ascenseur et gravit deux à deux les marches menant au deuxième étage. On était en train de faire le ménage. Le valet était près du lavabo, un balai à la main, et la femme de chambre changeait les taies d'oreillers. Sans un mot, il se rua vers le lit, souleva l'édredon, puis, sous les yeux du personnel d'abord stupéfait, puis vexé qu'on puisse ainsi douter de sa bonne foi, il s'attaqua aux tiroirs de la table de nuit, de la table et de l'armoire, effectua une fouille rapide et fiévreuse, jeta même un coup d'œil sous le lit, écarta les rideaux de la fenêtre et poussa le divan. Mais il ne trouva rien. À la femme de ménage, puis au *maître d'hôtel* qui l'avait suivi et qui lui demandèrent de préciser ce qu'il avait oublié, il fournit une réponse embarrassée et évasive – oui, il lui semblait avoir oublié quelque chose, mais il n'en était pas sûr, peut-être n'était-ce pas à l'hôtel mais ailleurs –, ensuite, s'étant rendu compte de la contrariété du personnel, il balbutia quelques mots d'excuse pour se justifier, il allait fouiller ses poches, peut-être cette chose était-elle restée dans sa tenue de soirée – mais il ne dit pas quel objet il avait égaré et recherchait avec autant de panique, comme si c'était une question de vie ou de mort. Il quitta la pièce à reculons, il regrettait son irruption inconsidérée, et en descendant l'escalier tenta de se justifier à l'aide de quelques paroles peu convaincantes, en demandant presque pardon au directeur de l'hôtel qui marchait derrière lui, le sourcil froncé et l'œil sévère. Monsieur pouvait être absolument tranquille, assura le directeur en le raccompagnant ; l'hôtel avait très bonne réputation, et bien que situé à proximité de la gare, on ne devait pas le confondre avec ces établissements fréquentés pour une nuit par des éléments louches ; c'était une maison à l'esprit strictement familial où jamais le personnel n'avait rien dérobé, lui-même mettrait sa main au feu pour ses employés, et, de façon générale, la probité allemande était universellement reconnue. Si Monsieur avait oublié quelque chose à l'hôtel, le directeur lui demandait de bien vouloir décrire plus précisément l'objet perdu et que Monsieur donne sa prochaine adresse. Lui, le directeur, allait diriger en personne les recherches, et si l'objet se présentait, il se chargerait de le lui envoyer aux frais de l'hôtel. Ils étaient arrivés devant la porte et le ton du directeur semblait exiger une réponse. Oui, oui, dit Askenazi à voix basse et retenue ; si ce truc, cette chose ne réapparaissait pas dans ses affaires, il enverrait un télégramme ; il fallait l'excuser, il était très distrait ces temps derniers, il lui était souvent arrivé d'oublier sa chemise de nuit dans des hôtels ; mais mieux valait ne pas y accorder trop d'importance, y compris aujourd'hui où il s'était rendu compte à la gare, en examinant ses bagages, qu'il manquait quelque chose dans sa mallette, qu'il avait oublié un objet. « *Ach, die Herren Professoren* », dit alors le directeur, avec une impertinence joviale. Askenazi accueillit la plaisanterie d'un hochement de tête et d'un rictus fugace et sans plus d'explications, se hâta vers la gare où le porteur avait déjà installé ses valises dans le compartiment. Il sauta dans le train qui s'apprêtait à partir et, ne tenant aucun compte de la stupéfaction de ses compagnons de voyage – un propriétaire terrien bavarois, fumeur de pipe, et un monsieur plus âgé, vraisemblablement d'origine hollandaise et qui voyageait avec un passeport diplomatique –, il se jeta sur ses bagages et se livra à une exploration frénétique de leur contenu emballé à la hâte. Les deux autres avaient d'abord observé sa conduite singulière avec une certaine compassion puis, médusés, ils avaient fini par froncer les sourcils.

Le sentiment de manque le torturait tellement que pas un instant il ne se posa la question de l'importance et de la valeur de cet objet égaré en route, à l'hôtel ou peut-être avant. « Oui, en effet, ces messieurs les professeurs », pensa-t-il avec un regret ironique, tout en continuant à fourrager dans le contenu de ses bagages étalé partout, ses mains nerveuses fouillant sans méthode les vêtements, le linge et les livres. Il finit par abandonner sa quête stérile, il était impossible de déplier chaque mouchoir dans ce compartiment : sa main s'arrêta au milieu de sa fouille laborieuse car il avait beau en appeler à sa mémoire, il n'arrivait pas à se remémorer la qualité, le volume ou la caractéristique de cet objet, de ce « quelque chose » de fondamental dont il ne pouvait se passer et dont l'absence avait entraîné cette quête angoissée. Il s'assit à sa place, près de la fenêtre, tout en ne cessant de tâter d'une main inquiète son bagage enfin refermé comme s'il s'apprêtait à replonger dans son investigation au cas où des éléments plus précis concernant cet objet perdu et essentiel lui viendraient à l'esprit et, sans prêter attention à ses compagnons de voyage, les sourcils froncés, l'air sévère et fâché, il se mit à regarder par la fenêtre. (Plus tard, il se rappela qu'au cours du trajet, il avait à plusieurs reprises vidé le contenu de ses poches et vérifié les compartiments de son porte-monnaie mais constaté à chaque fois que tout était à sa place.) Il avait passé la nuit dans le train quasiment sans bouger ; assis à côté de la fenêtre, le visage enfoui dans les pans de son pardessus accroché à un cintre, se sentant ainsi protégé et en sécurité, dans un demi-sommeil entrecoupé de brusques sursauts, il avait voyagé sans rien manger ni boire.

Passé minuit, il s'était un peu calmé. Il n'y avait rien à faire ; il fallait attendre la chambre d'hôtel où il pourrait inspecter par le menu le contenu de ses bagages, retourner toutes ses poches et relire toutes ses notes ; sans doute se souviendrait-il de ce qu'il cherchait et peut-être même le trouverait-il. Cet état absurde – qu'il avait observé d'un œil critique pendant des heures, en l'éclairant sous tous les angles, et que par la suite, une fois l'énervement apaisé et la fatigue du voyage aidant, il avait fini par considérer presque avec ironie – provenait simplement de cette sensation de manque qui s'était emparée de lui sur le quai de la gare à Munich. La crainte, pour ne pas dire la peur panique, d'avoir perdu quelque chose ainsi que son incursion dans l'hôtel n'avaient rien à voir avec la perte d'un vêtement de nuit. Il se livra à un inventaire mental de ce qu'il avait emporté et dont il aurait besoin en route, passa en revue son pantalon de tennis, ses lunettes de soleil, la photo d'Élise, son papier à lettres, la communication d'un collègue suisse concernant les langues rhétiques[1] qui l'intéressait particulièrement, qu'il avait prise pour la lire pendant le voyage et retrouvée dans sa sacoche, en compagnie de son flacon de bain de bouche et son attirail de rasage ; non, décidément il n'avait rien égaré. « Ça arrive », songea-t-il, résigné et attristé, quand le long voyage nocturne commença à faire sentir son effet hypnotique et abrutissant ; on n'arrive pas à se souvenir... Il est préférable de ne pas insister. Cependant, dans son désarroi, l'impression de manque, telle une lampe clignotante, ne cessait de lui signifier que ce n'était pas par hasard qu'il avait été saisi de panique à la gare de Munich. À l'approche de l'aube, dans la lumière sale et froide qui précède le lever du soleil, il avait risqué un œil dehors sous les pans protecteurs de son pardessus – le train était stationné dans une petite gare du Karst au paysage désolé pour se réapprovisionner en eau –, un employé du chemin de fer coiffé d'un képi rouge et au visage fripé de sommeil était accoudé à une fenêtre de la gare, dans les profondeurs de la pièce derrière lui, on discernait un lit défait, des taies multicolores, un coq chantait et devant cette image un peu floue surgie d'un monde étranger désespérément inaccessible, le sentiment de manque s'empara de lui avec une telle acuité qu'il se hâta vers le wagon-restaurant où on s'apprêtait à servir le petit-déjeuner ; contrairement à ses habitudes, il mangea en abondance et sans modération, but de l'eau minérale puis un verre de cognac, dans

1. Langues anciennes du groupe italo-celtique.

l'espoir que l'angoisse qui le torturait était d'origine physique, peut-être une manifestation de faim ou de soif inconnue de lui. Il se fit la réflexion que vers les cinquante ans, au moment où le corps subit une grande altération, de tels phénomènes apparaissent. Plus tard, repu, sa soif étanchée, il resta accoudé à la table du wagon-restaurant dans l'état de vacuité candide qui accompagne le manque de désir physique et mental et, rompant une fois de plus avec ses habitudes, il alluma un cigare et contempla l'aridité spectaculaire du paysage, dont les montagnes pelées et les précipices lui faisaient penser à quelqu'un qui lâcherait sans raison un hurlement d'une grande violence. Il resta longtemps assis, fatigué, légèrement étourdi par le repas copieux et l'alcool inhabituel, dans la torpeur chaude de la digestion, et, cédant à des forces plus puissantes que lui, il finit par admettre que sa sensation de manque, insensée, horripilante, n'avait pas lâché prise, qu'elle n'avait rien à voir ni avec la faim ni avec la soif et que ce n'était plus la peine d'espérer le contraire : il était sûr à présent d'avoir réellement égaré quelque chose en cours de route. Impassible, il regarda devant lui jusqu'à ce que les changements de cendriers courtois mais fréquents des serveurs lui signifient qu'il conviendrait de céder la place aux voyageurs affamés qui arrivaient, pas encore rasés mais fleurant l'eau de Cologne.

Au port de Split, en montant à bord du caboteur, petit mais charmant, il fut accueilli par une bonne nouvelle : il allait occuper seul sa cabine car la personne qui avait réservé la couchette du haut s'était décommandée au dernier moment et on n'avait pas réussi à la remplacer. Le bateau était prêt à lever l'ancre et Askenazi se hâta vers la cabine ; sans perdre un instant et sans accorder la moindre attention au port qui se réveillait sous une pluie fine ni au panorama parsemé des vestiges du palais de Dioclétien, il commanda un bain, s'enferma et s'attela consciencieusement à défaire ses bagages. Il n'éprouvait aucune fatigue de son long voyage, il se sentait plutôt irritable et triste ; il sonna le garçon de cabine, lui fit apporter de l'eau minérale, lui demanda de réserver une chaise longue sur le pont, suspendit ses vêtements dans l'armoire et se comporta à tous égards comme pour une traversée au long cours alors qu'il devait débarquer du caboteur le lendemain soir. Sans se presser, il dispersa le contenu de ses bagages, déplia même ses chemises, et il s'aperçut presque avec soulagement qu'il avait oublié chez lui ses boutons de smoking ainsi que la boîte en bois, « *Souvenir des Tatras* », ornée d'incrustations pyrogravées, où depuis toujours il rangeait sa collection de boutons de manchettes. « Ah, mais voilà, c'est ça ! » pensa-t-il, presque gaiement en découvrant l'absence de cet objet. Et de même qu'une personne s'étant préparée au pire se rend compte que les taches sur son corps ne sont pas la marque du typhus mais d'une innocente urticaire, il se dirigea avec entrain vers la salle de bains où il se prélassa longuement dans un bain chaud d'eau de mer, se rasa avec soin, et ainsi lavé de la crasse du voyage, il sortit de l'armoire un costume, le meilleur bien qu'un peu fripé, se coiffa de sa casquette de sport, attacha à son cou une écharpe de laine puis, ses jumelles et son guide de voyage à reliure rouge à la main, envahi de la même bonne humeur qu'à Munich, il gravit en hâte les escaliers malcommodes menant vers le pont du bateau en partance, d'où il pourrait au moins gratifier d'un adieu poli cette ville élégante au classicisme renommé. Sur les marches, en tâtant ses vêtements à la recherche de ses cigarettes, dans cette poche arrière de pantalon qu'on appelle « poche revolver », ses doigts heurtèrent une boîte rectangulaire allongée : rien qu'au toucher, il sut que c'était le « *Souvenir des Tatras* », rempli des boutons de smoking et autres boutons de manchettes qu'il achetait parfois au café à des colporteurs entreprenants, et qui témoignaient de l'évolution de cet accessoire au fil des années. Il contempla longtemps cet objet imbécile, son visage empreint d'une expression dépitée ; absorbé comme il l'était, il n'entendit même pas l'avertissement timide, le « pardon » embarrassé et balbutiant soufflé par une dame d'un certain âge dont il empêchait le passage et qui, en même temps que lui, avait fixé par-dessus son épaule l'étui ensorcelé pendant quelques minutes et ne savait vraiment pas quoi penser de la figure désolée de ce monsieur d'apparence si distinguée… Il s'effaça devant la dame, monta lentement l'étroit escalier à sa suite, la tête presque basse, comme quelqu'un qui, après un stérile jeu de cache-cache avec lui-même, tombe nez à nez avec la vérité et, ne voulant plus se défendre, se rend à l'évidence.

Il passa les vingt-quatre heures de la courte navigation sans dormir, sans même descendre à sa cabine pendant la nuit : il s'était étendu sur la chaise longue qu'il avait fait installer sur le pont, dans une partie abritée du vent, somnolant et sursautant tour à tour. Le voyage se déroula sous un ciel étoilé, sans un nuage. Le lendemain vers midi, la brume de chaleur se dissipa et un vent brûlant balaya la surface de l'eau ; seul le souffle provoqué par l'avancée du bateau allégeait l'atmosphère que le sirocco rendait oppressante. D'un œil critique, il observa le bateau, la salle à manger à l'élégance surannée qui lui rappelait un buffet de première classe dans une gare autrichienne et le salon où, sur les tables à plateau de verre, traînaient des cartes postales allemandes datant de plusieurs années et des revues satiriques serbes aux pages cornées censées divertir les passagers, sur les murs se côtoyaient les photos presque grandeur nature du roi et de la reine et d'anciennes caricatures de *Punch*, des scènes de derby et des péripéties amusantes de la vie maritime ; le provincialisme à la fois modeste et pesant, l'atmosphère étouffante et confinée des lieux le déprimèrent. Un doute envahissant le torturait : avait-il fait le meilleur choix en cédant aux conseils de ses amis, d'abord en acceptant l'idée de passer « quinze jours dans un tout petit endroit », puis en effectuant le voyage jusqu'à ce coin perdu où tout paraissait provincial, y compris le paysage et la mer, où on tombait sur des buffets de gare autrichiens voguant sur l'onde, où le vent brûlant soufflait même la nuit, et où – il le reconnaissait avec tristesse et culpabilité – rien ne l'attirait particulièrement ? Allongé sur le transat, ses mains croisées sous la nuque, sans bouger, il contempla pendant des heures la côte qui défilait à une distance assez proche. De petites cités médiévales compactes se détachaient sur le rivage, les maisons d'une aveuglante blancheur au soleil de midi, des villes propres et mélancoliques, un campanile ici et là, et le lion ailé de Venise qui s'aventurait jusqu'ici en remuant la queue sur les façades ; dans un des ports, il vit un vieux prêtre coiffé d'une barrette de velours vert mastiquer une orange avec l'avidité des vieillards et fixer le caboteur qui arrivait d'un regard vide ; de temps à autre il essuyait ses mains souillées par le jus de l'orange à la bordure de sa soutane ; un soleil cruel, implacable comme le destin, incendiait les cohortes de badauds, le paysage et les petites villes résignées à l'insignifiance de leur sort. « Ils n'ont pas de littérature, constata-t-il, c'est impossible sous un tel climat. Et puis il y a beaucoup trop de consonnes dans leur langue. » Les ports minuscules ne lui semblaient pas mériter qu'il se lève pour s'accouder à la rambarde, à l'instar des autres passagers. Il y en avait peu d'ailleurs ; la plupart d'entre eux étaient des touristes allemands, une troupe d'estivants bruyants à la camaraderie facile qui, dès les premières heures de la croisière, avaient trinqué pour célébrer leurs nouveaux liens. Tout cela ne l'attirait guère. « Peuple provincial », pensa-t-il avec indolence, en s'étirant sur son siège confortable, en ouvrant les yeux, « bateau provincial, paysage provincial, destinées provinciales. Je n'aurais pas dû venir ici. » « Mais quoi, se reprocha-t-il ensuite, en se rassérénant presque, d'où me vient cette idée ? Que veut dire "provincial" ? En fait, le monde entier est provincial. Depuis quand, du haut de sa vaniteuse prétention, le citadin s'arroge-t-il le droit de rabaisser les paysages et les destinées ? D'où me vient cette vision mesquine des choses ? Le jugement geignard d'une première danseuse de cabaret parisien serait-il contagieux ? » Il ne comprenait pas. « Pourtant si, c'est quand même provincial », s'obstina-t-il. Il ne se sentait pas à l'aise. Ce monde semblait petit, usé, un univers vulgaire d'images d'Épinal... Soudain il commença à soupçonner qu'en fait, il avait peur de ce monde étroit et silencieux, peur d'être renvoyé à lui-même dans cet environnement modeste où rien ne détournerait son attention, et que cette crainte nouvelle et inhabituelle du provincialisme n'était rien d'autre qu'une intense et dévorante nostalgie de la grande ville qu'il s'était vu contraint d'abandonner. « Il suffit de marcher dans la rue et on se sent déjà bien », songeait-il, les yeux clos. Mais il n'osait s'avouer à lui-même la raison pour laquelle on se sentait bien d'arpenter les rues d'une certaine grande ville...

En tout cas, il redoutait ce « tout petit endroit » que sa famille et ses amis lui avaient pourtant dépeint sous des couleurs attrayantes et rassurantes mais qui l'assommait à l'avance. « C'est mon destin », pensa-t-il. Jamais il n'avait réussi à passer ses vacances d'été ailleurs que dans d'honorables localités insignifiantes et insipides. Une certaine prédisposition sans doute, confortée plus tard par son comportement qui l'avait installée comme trait de caractère définitif. Ses parents, ensuite son épouse, son enfant, ses subordonnés et ses collègues de travail, tous trouvaient naturel que lui, Viktor Henrik Askenazi, ne passe jamais de vacances ailleurs que dans de tout petits endroits, loin des clameurs grossières du monde, dans des lieux notoirement ennuyeux que la foule des estivants bruyants, amateurs de danse et de distractions triviales, aux mœurs légères, et méprisant le « repos sérieux », fuyait comme la peste. S'aventurait-il dans un bureau de voyages pour s'informer un peu au hasard sur les stations balnéaires anglaises, il pouvait être certain que l'employé, en fin connaisseur des êtres humains, lui conseillerait, parmi les innombrables lieux de villégiature agréables de la grande île, celui-là même que recherchent les prêtres anglicans célibataires en quête d'exercices spirituels, où les fonctionnaires ayant un bon de séjour gratuit vont à reculons et où les femmes se baignent dans des maillots taillés dans de vieux peignoirs en éponge. Sans doute se serait-il vexé si on avait supposé que dans le fond, il passerait volontiers ses congés dans une de ces foires balnéaires, au milieu des estivants à la nudité vulgaire et aux cris sauvages, mais des craintes l'assaillaient à présent et il se demandait si la seule réponse raisonnable à son désir de « repos sérieux » consistait à séjourner longtemps dans un endroit où il n'avait jamais souhaité se retrouver, même brièvement… Des doutes l'envahissaient, il se demandait s'il était absolument inévitable que le repos soit « sérieux », et, comme pour d'autres questions non résolues au cours de sa vie, si cela valait la peine d'expérimenter l'autre « repos », de « se révolter », et si dans ce cas, il se sentirait mieux… « Il est peut-être trop tard, songea-t-il ; je ne peux pas changer de déguisement. » En effet, il lui paraissait invraisemblable de quitter son monde habituel et de se plonger dans cet autre élément, bruyant et odorant, dans cette « autre vie » un peu grossière à laquelle il aspirait avec une nostalgie secrète mais sans espérance particulière. « Il n'existe vraiment aucune issue », pensait-il, les yeux fermés, se contentant parfois de jeter un coup d'œil ensommeillé et languissant sur une des curiosités de l'île qu'ils étaient en train de dépasser, « on ne peut pas plus devenir carmélite que vedette de cinéma. La solution ne se trouve pas dans les extrêmes ; il faut assumer, voilà tout. Peut-être à la fin… » Pendant le court voyage, plongé dans ce demi sommeil où l'esprit capitule et abandonne toute critique, il se laissa complètement aller ; des images lointaines dans l'espace et dans le temps et des événements n'ayant rien à voir avec sa situation présente défilaient devant lui, des souvenirs de scènes dont il avait été le protagoniste dans sa jeunesse et qu'il avait vécues comme humiliantes ou blessantes, à tort ou à raison. Il ressentait à présent cette fatigue singulière, excitante, que l'athlète doit percevoir quelques mètres avant la fin de la course : il peut encore soutenir son effort « jusque-là », sans aucun doute, comme il l'a supporté jusqu'ici, ses nerfs et ses muscles fonctionnent ; il est certain qu'il atteindra le but, pourvu qu'il se trouve quelqu'un là-bas pour l'attraper avant qu'il ne s'écroule... Ce voyage, ce « tout petit endroit » représentaient les derniers mètres à parcourir. Ça n'allait plus durer longtemps maintenant, il devinait vaguement le ruban de l'arrivée, l'effort allait cesser et très bientôt il pourrait se reposer. « Ce n'est pas une solution », se répéta-t-il avec obstination. « Et encore moins si on considère Viktor Henrik Askenazi comme "quelqu'un". »

Et s'il abrégeait sa route ? Cette idée le galvanisa. Il se souvenait de l'île grecque où il avait voyagé étant jeune – les cactus desséchés au bord de la route, la poussière, l'odeur d'huile chaude et rance flottant sur la place de la petite ville, l'hôtel sans confort à la propreté douteuse, les monuments improbables et la musique en plein air sur la place, le soir... Et bien sûr, la mer. Mais ce grand, cet unique divertissement qui l'attirait avec une familiarité singulière depuis son enfance, lui, l'homme de la ville et de la plaine, l'entourait déjà, « ce grand lieu commun », comme il lui arrivait parfois de dire, « qui a inondé la planète lorsque la nature était en perte d'imagination », la mer se précipitait à sa rencontre au cours de ce pénible voyage ; quelle règle de bienséance et quel devoir l'obligeaient à perdre son souffle, à épuiser ses muscles et éreinter sa conscience en continuant son voyage jusqu'à l'île grecque, qui n'était finalement qu'une idée et où rien ne l'attirait particulièrement, sinon le billet dans sa poche ? S'il ne s'en tenait pas au programme prévu, bien sûr, ce serait un manquement au devoir mais la pensée en était douce, légère et tentante comme tout péché véniel et elle le dérida. Comme cette côte de Dioclétien lui parut pure ! Certes, c'était un univers sans littérature… L'origine de celle-ci se trouvait à quelques encablures de là, sur l'île grecque, avec ses cactus, son odeur d'huile et son *agora*, où on jouait de la musique le soir, cette île qu'Homère avait parcourue ; Platon et les idéaux étaient nés plus loin. Ce monde-ci était demeuré vierge et heureux, avec ses nombreuses consonnes et ses menues agglomérations, dissimulant sa tristesse modeste et discrète entre les rochers bordant la mer d'émeraude, un monde où la courtoisie raffinée et indéfinissable des peuples en voie d'extinction transparaissait dans le regard et les manières des habitants – politesse désemparée d'une émouvante élégance voilant la crainte de la mort, qu'on ressentait chez les bergers gardant les chèvres et chez les femmes de chambre dans les hôtels. Encore quelques heures et ils atteindraient la vieille ville aux bastions massifs, seulement aperçue du bateau jadis mais dont il avait gardé en mémoire les magnifiques et harmonieuses proportions et l'aspect courageux de forteresse résistante. « Je vais laisser tomber l'île grecque », pensa-t-il avec la jubilation d'un étudiant jetant son livre aux orties. « Cette cité ancienne, cette ville forte et rebelle qui défia Venise et, tout en singeant sa grande rivale, ne se soumit jamais, n'est peut-être pas le "tout petit endroit" auquel je suis condamné ; m'y arrêter signifie rompre un contrat mais l'aventure me séduit. Est-il d'ailleurs nécessaire que je me conforme au programme établi puisque de toute façon, déjà au départ, j'ai eu du mal à en comprendre la logique interne ?... » Et comme il est de coutume en pareil cas, à la manière d'un criminel endurci, il trouva une étonnante quantité d'arguments et de contre-arguments, élabora un petit plaidoyer formel en défense du nouveau projet et gagna le procès haut la main : quelque chose de nouveau, de primitif, d'excitant, un univers et un paysage inconnus, une langue qu'il ne comprenait pas l'attendaient s'il abandonnait l'île grecque et débarquait dans la ville étrangère, attiré par sa réputation, ville où, en fin de compte, il était certainement possible de se reposer aussi « sérieusement » (ou aussi légèrement...) que sur les lieux des errances d'Homère. Il arrêta un officier et lui demanda l'heure d'arrivée au vieux port. Ils l'atteindraient avant la tombée du jour. Il se redressa vivement, avec mauvaise conscience mais cependant de bonne humeur, se hâta vers sa cabine et se mit à faire ses bagages sans soin ni méthode. Il ne lui restait plus trop de temps. Il fourra ses vêtements éparpillés dans la cabine pêle-mêle dans ses valises sans se préoccuper à présent de savoir s'il rassemblait bien toutes ses affaires et s'il n'oubliait rien. Le sentiment de manque, cette attente anxieuse, cette inquiétude s'étaient transformés en excitation, en anticipation ; il rangeait de façon résolue, se dépêchant comme s'il était en retard, comme s'il s'était souvenu de quelque chose d'important, voire d'indispensable, à faire dans cette ville étrangère. Et pendant les quatre jours où il y séjourna, cette agitation, cette ardeur à exécuter une « tâche » ne faiblirent pas.

Au déclin du jour, à la dernière escale avant la vieille ville, il avait bouclé ses bagages, bu un thé et pendant un moment, presque gaiement, arborant l'expression entreprenante d'un homme déterminé à l'action, il avait arpenté le pont de long en large, allant même jusqu'à sortir sa longue-vue pour observer avec une curiosité condescendante la région qu'il avait élue comme lieu de résidence temporaire. Dans le port d'une bourgade composée d'une cinquantaine de maisons et d'un modeste campanile où le bateau ne jetait l'ancre que pour le courrier, un nouveau passager était monté à bord. Une fois arrivé à destination, Askenazi avait complètement oublié cette scène ; beaucoup plus tard, elle émergea avec une douloureuse acuité, au moment où il cherchait à rassembler les fragments épars de son singulier voyage. Il devait être six heures de l'après-midi. Il était assis dans le salon où il s'évertuait à saisir l'humour d'une revue satirique serbe, plus à partir des dessins que du texte dont les mots inconnus l'attiraient cependant toujours ; les machines fonctionnaient au ralenti et ç'avait été à travers leur ronflement qu'il avait d'abord perçu une rumeur, puis une clameur, des cris et des ordres en provenance du quai. Il n'y avait pas prêté une attention particulière ; mais un silence surprenant avait soudain suivi ces échanges et le calme avait succédé au vacarme de façon aussi inattendue, sidérante et spectaculaire que si on avait obéi à un signal. Il s'était levé et dirigé vers la fenêtre. Du cadre moyenâgeux, de la toile de fond des ruelles étroites et des maisons traditionnelles à un étage et trois fenêtres, émergea une foule qu'on aurait crue sortie d'un tableau – des gamins, des soldats, les agents du port, des femmes et des jeunes filles pauvrement vêtues, avec des enfants dans les bras, tous comme frappés de terreur, rassemblés en troupeau, gémissants et paniqués, y compris les soldats sur la défensive, blottis près de la jetée au coin de la place. Il s'empara de la longue-vue et, encore sous l'effet de sa première impression, avec l'émerveillement de l'amateur d'art, il contempla cette singulière image avec plaisir. Rien n'y manquait : l'ombre de la grande montagne sur la ville, cet encombrement des maisons et des habitants se serrant les uns contre les autres comme pour se protéger d'un danger perpétuel – ayant pris à présent une forme plus précise – et l'éclairage particulier du crépuscule qui soulignait d'une lueur orangée les lignes et les mouvements essentiels du tableau.

Dans l'air pur et lumineux, on distinguait entre les grilles de fer du campanile sa petite prisonnière, la cloche immobile ; les visages épouvantés et la sombre contenance de la foule reflétaient une terreur mystique. L'image l'enchanta. Plus tard, des silhouettes surgirent de cette foule et, toujours au milieu d'un grand silence, des hommes en uniforme affairés se hâtèrent vers une ruelle étroite donnant sur le milieu de la place.

La scène, avec son animation ordonnée, ressemblait plus à une représentation théâtrale en plein air qu'à une agitation de foire. « Une révolte », ne put-il s'empêcher de penser, et, sans tenir compte des personnages au cœur de « l'action », courant à perdre haleine en direction de la ruelle, il focalisa sa longue-vue sur quelques visages pris dans la masse et observa avec un plaisir d'esthète leurs changements d'expression ; son attention fut particulièrement attirée par une vieille femme coiffée d'un fichu qui, avec la gratitude empressée des gens très pauvres, capables d'accueillir avec bonheur les moindres variations de la vie, riait toute seule de satisfaction et se frottait les mains dans une joyeuse expectative. Pendant un moment, il fut impossible d'établir quel était l'objet de la fascination générale. « Une rébellion », se répéta-t-il obstinément, avec l'indifférence et l'arbitraire du spectateur, et de sa loge, il se tourna lentement vers la ruelle où pendant ce temps la scène avait pris sa signification. Oui, c'était presque une révolte – son instinct et ses nerfs avaient bien saisi le contenu de ce qu'il voyait ; mais quelle singulière et inhabituelle révolte ! L'homme qui surgit d'entre les rochers n'était ni un prophète, ni un guide du peuple qui, à l'occasion du passage d'Askenazi, en aurait profité pour rappeler aux habitants de l'antique bourgade leurs devoirs éternels dans cette vallée de larmes ; le révolutionnaire – il le distinguait à présent – se tenait à l'entrée de la venelle, curieusement vêtu, les bras écartés comme s'il bénissait les gens ou au contraire proférait des malédictions. C'était un homme de petite taille qui portait une sorte d'uniforme, comme un vêtement militaire ou une soutane grise sortant de l'ordinaire ; il balançait ses bras démesurément longs comme deux grandes ailes. Il fut aussitôt encerclé et disparut du cadre de la longue-vue d'Askenazi. La foule se disloqua lentement et les plus audacieux s'élancèrent à la suite de l'homme ; la place s'emplit soudain de mouvement et des pleurs d'enfant brisèrent le silence craintif qui s'était établi. L'inquiétude et l'excitation de la scène qui se déroulait sur la place du marché rayonnèrent jusque sur le pont du bateau ; non seulement les passagers mais également les hommes d'équipage et les officiers se pressèrent à la rambarde, comme si toute discipline avait volé en éclats ; on apporta de l'eau à une femme au teint pâle qui s'était trouvée mal à cause de l'événement – auquel il était cependant peu probable qu'elle ait pu comprendre quoi que ce soit jusqu'ici – et les touristes assaillirent de leurs questions agitées le capitaine qui lui aussi était là, sur le pont, entouré de ses officiers, les bras croisés, et regardait le désordre sur la place d'un air sérieux et distant, tout en ne fournissant pour l'instant aucune réponse.

Deux gendarmes amenèrent le « révolutionnaire » vers le quai et la foule ouvrit respectueusement ses rangs, beaucoup s'agenouillèrent et firent un signe de croix. De cette foule scindée en deux émergea, d'une démarche trébuchante, le petit homme vêtu de son uniforme étrange et terrible ; les gendarmes avaient empoigné les manches étroites de la camisole grise et suivaient lentement l'homme vacillant au pas incertain, au torse incliné et à la tête profondément penchée en avant. C'était un fou qu'ils accompagnaient, un homme assez âgé, terrorisé par son acte et par son entrée en scène ; de l'hospice local inadapté pour lui, on s'apprêtait à le transporter à l'asile de Raguse. À la dernière minute, l'aliéné que ses accompagnateurs essayaient de transborder discrètement, par une des ouvertures destinées à recevoir les marchandises et les bagages, sur le pont où l'attendait une cabine soigneusement isolée, « se révolta » bel et bien ; il s'arracha aux mains de ses gardiens et, se libérant des manches lâchement nouées de sa camisole de force, se mit à courir. Les habitants de la petite ville qui, en manque d'autres distractions, étaient venus dans leur quasi-totalité assister au spectacle rare offert par le départ d'un fou en camisole de force, accueillirent sa tentative d'évasion avec une épouvante presque superstitieuse ; ce fut peut-être le grand silence qui entoura le fuyard au premier instant de son échappée ou une brève prise de conscience floue et fragmentaire qui amena le malheureux à s'arrêter net dans sa course et à se rendre, les bras grands ouverts et sans aucune résistance, à ses poursuivants. On le ramenait à présent, précautionneusement, et les gendarmes, dont le visage exprimait un mélange de répulsion et d'horreur, se contentaient de toucher du bout des doigts les longues manches de la camisole de force, avec tout le respect et le ménagement dus à l'étrangeté de la folie. Docile, le malade avança de son plein gré vers le pont inférieur du bateau où, derrière la porte de fer grande ouverte, l'attendaient les matelots prévus pour le garder. Il marchait lentement, traînant les pieds, davantage comme un animal épuisé que comme un être humain, un emplâtre rose de la largeur d'une paume collé sur son crâne rasé. En atteignant le bateau, il tomba à nouveau en arrêt et jeta les yeux autour de lui ; il ne regardait pas vraiment les personnes – plus tard, Askenazi se souvint de ce regard dirigé de bas en haut – mais sans redresser son échine pliée à angle droit, comme aimanté par la terre, contraint de se tordre le cou dans un effort grotesque, il contorsionnait son visage pour contempler le ciel que le soleil couchant illuminait d'un reflet couleur de rouille. Askenazi, qui se trouvait sur le pont supérieur, presque exactement au-dessus du nouvel arrivant, échangea avec lui un regard – celui de cet homme ne provenait pas seulement du quai en contrebas mais du fond de l'abîme, des couches profondément enfouies de la vie, de la misère indicible de l'existence, et son éclat tenace était tourné vers le pont, Askenazi et les cieux. Surgie d'une source presque tarie de la conscience, une ultime lueur de son âme exténuée irradiait encore de ses yeux, qui se posaient une dernière fois sur le monde, sans chercher de sens à l'absurdité de la vie, sans plainte ni accusation, avec la curiosité solennelle d'un nouveau-né ou d'un animal évolué. Cette curiosité – c'est ainsi que, plus tard, Askenazi décida du sens de ce regard –, l'innocence légèrement réprobatrice, l'injonction informulée : « Allez, parle donc », l'exhortation, l'interrogation désorientée que le visage levé vers lui projetait sur Askenazi l'ébranlèrent ; à sa manière, il ne manqua pas de répondre : attachant ses yeux au rayonnement émanant des yeux de l'autre, d'un mouvement imperceptible, avec politesse et presque en demandant pardon, il haussa les épaules. Comme à une question personnelle et embarrassée qui lui aurait été posée dans l'animation tumultueuse de la place, il ne pouvait éviter de répondre au questionnement issu d'un tumulte autrement plus pressant et plus complexe provenant de l'homme levant les yeux vers lui ; accoudé sur son manteau, lâchement et prudemment, pour ne pas se faire remarquer par « les autres » (comme il nommait ses compagnons de voyage), il tendit sa main en un geste de connivence pour le tranquilliser, pour lui signifier qu'il ne fallait pas accorder trop d'importance à cette affaire et que tout allait très vite rentrer dans l'ordre.

Avant que l'aliéné ne se décide à emprunter le « pont des soupirs » – la courte passerelle attachée par des cordes aux battants en fer de la porte basse du bateau, le dernier passage entre le monde et la prison –, la foule du marché qui, jusque-là abasourdie, l'avait entouré d'une stupeur craintive et quasi religieuse, s'était soudain retournée contre lui, dans un brutal changement d'humeur ; avec une colère perfide, elle lui lança des paroles injurieuses et des objets infâmes se mirent à voler dans sa direction, des navets pourris, des épluchures de citrons, jusqu'à des objets plus durs, peut-être des coquillages ou des cailloux. À présent que le fou allait leur échapper, ils déversaient leur colère contre ce réfugié d'un autre monde, ce pouilleux stigmatisé par la vengeance divine, ils s'amassaient autour de lui en riant et en blasphémant ; dès que les gendarmes eurent compris leurs intentions, ils déployèrent rapidement leurs efforts et poussèrent résolument le prisonnier dans les entrailles du bateau. Ce qui suivit, Askenazi ne put l'observer directement : en effet, en une seconde le malade avait échappé à sa vue et plus tard, en débarquant à Raguse, il ne l'avait pas aperçu non plus – et ce ne fut pas faute de l'avoir cherché ; sans doute les autorités avaient-elles attendu que les passagers et les estivants stationnant sur le quai se fussent éloignés pour prendre en charge leur hôte encombrant. L'homme avait franchi le seuil de la porte métallique – Askenazi l'entendit raconter plus tard – et les matelots de service avaient temporairement bloqué l'accès au bateau avec des barreaux de fer au lieu des battants habituels ; la foule se pressa vers l'ouverture et tant que ce fou dangereux, ayant transgressé les lois divines et humaines, était encore brièvement visible derrière ces barreaux, les habitants déversèrent sur lui des insultes exprimant sans vergogne leur dégoût, leur mépris et une joie maligne, dans leur langue inconnue et incompréhensible ; leurs invectives se mélangeaient à des piaillements de rire, une véritable ébriété s'était emparée d'eux et, dans une éruption de violence héritée du Moyen Âge, instinctivement conservée sans doute du fait de leur mode de vie très ancien et de leur enfermement, ils vilipendaient le malade, l'exclu, le misérable avec la rage et la mauvaise conscience du « bien-portant », la jubilation mauvaise conférée par le bon droit, l'impunité et l'effronterie vociférantes et joyeuses auxquelles leur donnaient droit leur propre misère, leur asservissement et leur impuissance. Askenazi avait appris plus tard que l'aliéné, qui avait d'abord accueilli les malédictions de ses concitoyens avec indifférence, à la dernière minute, avant d'être entraîné dans les profondeurs du bateau, s'était arraché aux mains des matelots et précipité contre les grilles le séparant du monde extérieur, y avait collé son corps en tirant sa langue et, agitant comme un fantôme les longues manches dénouées de sa camisole de force, avait grimacé et ricané en direction de ses ennemis avant d'être rattrapé. À cette nouvelle provocation, le peuple du marché avait naturellement répliqué avec encore plus d'indignation ; le capitaine avait sans tarder donné l'ordre d'appareiller.

« Merveilleux », avait pensé Askenazi. Il s'était de nouveau accoudé au bastingage et, en sécurité dans le bateau en train de s'éloigner, il avait contemplé avec indulgence le spectacle du rivage, la foule entassée au bord du môle qui se confondait lentement avec les maisons et les rochers. « Enfin un compagnon de voyage », avait-il encore pensé. « On n'est plus tout seul. » Sur le pont, des groupes commentaient avec agitation cette péripétie scabreuse et inattendue du voyage. Le fait qu'un de leurs semblables, dûment et officiellement estampillé fou, voguait sur le même bateau qu'eux ajoutait visiblement un élément magique à leur croisière. Les mots *« meurtrier en masse »* arrivèrent aux oreilles d'Askenazi ; car certains passagers, les plus zélés, étaient déjà partis aux renseignements. « Le révolutionnaire », comme le surnommait obstinément Askenazi dans son esprit, garde-chasse et vigneron dans la région, avait apparemment massacré sa famille dans un moment d'égarement ; mais personne ne savait rien de précis. Certains disaient que ce genre de choses se produisait plus fréquemment qu'on ne le croit ; les journaux n'en relayaient peut-être pas l'information à chaque fois. Askenazi écoutait distraitement les bavardages ; parfois, avec prudence, un léger sourire moqueur sur les lèvres, il lorgnait du côté de ceux chez qui un dérèglement ordinaire de la vie, un fou meurtrier de sa famille par exemple, provoquait une véhémente levée de boucliers. Le bateau, transportant son lot de passagers « sains » et son unique « malade » reconnu, s'était engagé dans la grande baie et au loin, enveloppé dans la grisaille cotonneuse du crépuscule, commençait à luire avec un rayonnement mat le joyau réputé, Raguse. Askenazi était resté debout, immobile, tout au long de cette dernière étape du voyage, à l'endroit même où il avait récemment été l'objet du curieux regard de l'improbable compagnon de voyage ; ils naviguaient entre des îles et à l'approche de la côte, la chaîne de montagnes révélait sa sombre et véritable dimension ; la mer était lisse comme une plaque de métal, dure, gris clair et étincelante. « Le monde », avait pensé Askenazi et, discrètement pour que personne ne s'en aperçoive, ses lèvres fines ébauchèrent une moue. « L'autre expérience. » Il croisa les bras. Il cherchait la définition, c'était difficile, il la cherchait depuis des jours ; ce sentiment de manque sans raison, qui ne disparaissait pas mais s'estompait simplement, comme s'apaise temporairement une grande douleur physique au-delà d'un certain degré de souffrance, ce sentiment de manque dont il sentait l'irritant mauvais goût dans la bouche, était peut-être explicable si on pouvait donner forme à l'imprononçable qui est « là, sur le bout de la langue », songeait-il, dénigrant ses tentatives stériles. « Des paysages, le monde, la foule, les gens, oui, l'autre expérience », se dit-il, dans un effort pénible. Il contemplait ce paysage, ce monde, d'un œil teinté de mépris. « Tout ceci n'est qu'une *conséquence* », lui vint brusquement à l'esprit ; et ce simple mot qu'il cherchait depuis des jours, peut-être même depuis bien plus longtemps, maintenant qu'il l'avait trouvé, l'emplit d'une stupéfaction béate et d'une épouvante étrange, presque voluptueuse. « Platon ! » pensa-t-il avec gratitude, ému. Et comme, au sortir d'un évanouissement, nous reprenons conscience à la fois du monde qui nous entoure et de notre place dans celui-ci, il accrocha vite et naturellement tout ce qu'il voyait – les structures ordonnées, les choses brillantes ou triviales – au fil de ce simple mot ; le paysage, la ville lumineuse, le bateau avec les gens à son bord étaient la « conséquence », la conséquence simple, presque banale, d'une « idée » bienveillante, harmonieuse et créatrice. « Mais il existe aussi une idée destructrice ! » se dit-il, pris de frissons. « Là-dessous dans la cale, au milieu des caisses et autres "conséquences", l'idée est accroupie, dans sa camisole – comme si on pouvait enfermer une idée dans une camisole !... Une idée autre, destructrice, ni plus ni moins "valable" que l'idée harmonieuse et créatrice... » « *Il y a une autre aventure également* », songea-t-il ; et ce fut comme si tout ce qu'il avait appris, ressenti, pensé et lu jusqu'ici s'effaçait dans l'immédiateté de la découverte. Il regarda le paysage, détourna les yeux vers ses compagnons de voyage qui s'apprêtaient à débarquer, qui allaient et venaient en se donnant de l'importance, et il observa tout cela avec une sorte de compassion, en homme qui supporte encore les limites mal définies de la « réalité », mais dont le bagage est prêt pour entreprendre un voyage plus vaste et qui, après ces multiples et frustes échantillons, va enfin goûter la chose véritable à côté de laquelle tout le reste n'aura été qu'ersatz et sous-produit. Il fut pris de frissons et se cacha le visage dans les paumes de ses mains. Il demeura longtemps ainsi.

Avec sa masse compacte, son enfermement, la ville qui s'efforçait de protéger du monde extérieur son intériorité, son existence même, entre son bastion et ses murailles de pierre, à l'intérieur de ses limites naturelles et artificielles, exerça sur Askenazi une influence apaisante. Les rues étroites, les passages d'un mètre de largeur où le promeneur, en étendant les bras, peut toucher les maisons de chaque côté, où pas une seule fenêtre ne s'ouvre sur le monde mais vers l'intérieur, vers des paysages clos, plus humains, plus animés, plus intimes, lui semblaient l'écrin convenant parfaitement à son état actuel. « Tout cela n'est qu'un décor », pensa-t-il avec un discret espoir, « le sujet en déborde ; au fond, quel cadre, de pierre ou de bois, peut contenir la multitude des thèmes et n'éclate pas sous la terrible tension de son propre contenu ? » Il songeait aux miniatures allemandes où, sur un territoire grand comme la paume de la main, avec une ville ou un cimetière en arrière-plan, un millier de personnages logent confortablement ; cependant un unique visage, dans sa vérité, avec ses traits et ses secrets, n'y trouverait pas sa place... C'est ainsi qu'il percevait la ville autour de lui, il jugeait que ses limites étaient trop étriquées et qu'elle devait se recroqueviller, se contracter pour s'installer à l'intérieur de ses dimensions. De plus, cette langue étrangère mystérieuse, sans mélodie, produisait un effet particulier sur lui ; son territoire linguistique, le grec et le latin, appartenait à un autre rivage, celui de la littérature ; mais ici, à quelques encablures des îles lettrées, l'âme de la langue primitive s'était étiolée, comme bloquée à l'état d'enfance, mutilée et incapable de survie... La morphologie des lieux – les constructions, les places étroites, la conception de la protection – avait été importée de l'extérieur ; ce que les hommes d'ici y avaient ajouté était demeuré étranger à cette forme qu'ils avaient revêtue comme une armure lorsqu'ils étaient loin, séparés de leurs familles... Il éprouvait une certaine compassion à leur égard mais, dans l'ensemble, plutôt de l'indifférence ; c'est avec la condescendance de l'érudit qu'il se promenait dans ces espaces charmants mais manquant tout de même d'authenticité.

La nuit suivant son arrivée, il se réveilla en sursaut d'un profond sommeil ; il était allongé dans son lit, épuisé, hirsute, inondé d'une sueur glacée ; il devait être minuit. Encore plongé dans un demi-sommeil, il tituba jusqu'à la fenêtre, comme s'il avait entendu la sirène d'alarme d'un bateau ou d'une maison en flammes ; il se pencha profondément dans l'exubérance de la nuit sans lune, huma l'obscurité, tendit l'oreille à la polyphonie volubile en provenance de la mer et de la ville invisibles, qui ne pouvait se traduire ni en grec ni en latin. « Je suis parvenu jusqu'ici, et maintenant, que va-t-il se passer ? » pensa-t-il. Sa perplexité le surprit. Le « repos », ce sérieux repos « dans un tout petit endroit » avait pris une tournure singulière. Ses yeux firent le tour de la pièce indistincte, en prirent la mesure comme ceux d'un animal pris au piège. Il se débarrassa de son vêtement de nuit et s'assit, nu, à la table, alluma la lampe, chercha à tâtons parmi ses livres et tomba sur un carnet de voyage, le compte-rendu romancé et légèrement verbeux d'une expédition au Sahara ; il se mit à lire au hasard. Le narrateur, un officier aviateur français, décrivait l'étrange et inconfortable sentiment qui s'était emparé de lui au milieu du désert lorsque, contraint d'atterrir, il s'était rendu compte que son réservoir d'eau s'était fendu au cours du voyage et que le contenu s'en était entièrement échappé… « Une situation bien déplaisante », pensa-t-il distraitement, et il repoussa d'un geste le livre à l'héroïsme grandiloquent. « Ça doit être pénible, en plein Sahara sans une goutte d'eau… Les primitifs australiens boivent leur sang dans ces moments-là », se rappela-t-il. À moitié endormi, presque vacillant, il réfléchissait, se laissant aller aux images floues que son imagination faisait défiler. Il s'arrêtait sur quelques mots, contemplait longuement leur forme comme s'ils étaient des images. « La soif », pensa-t-il, et ce mot lui plut tellement qu'il le traduisit en allemand, en anglais et en français, et compara la façon dont ils « sonnaient ».

« Le plus beau est le hongrois, “szomjúság”, avec au milieu ce “ú” long, traînant, désespéré… », décida-t-il. La bouche sèche et le gosier déshydraté, il se dirigea vers le lavabo, se versa de l'eau et quelques gouttes de bain de bouche dans le verre à dents et se gargarisa longuement. Ensuite il retourna se poster à la fenêtre. Cette sécheresse, cette sensation de soif, ce goût désagréable n'avaient pas quitté sa bouche. « Je suis arrivé jusqu'ici. Voyager nous enseigne l'humilité. J'aurais aussi bien pu aller au Sahara. » Il alluma une cigarette et se calma aussitôt. « Cela n'en vaut plus la peine », décida-t-il. « J'ai commis une erreur de jugement. Il faut tout reprendre de zéro. » Il se recoucha et regarda la nuance plus claire qui se détachait vaguement de l'obscurité, la lueur insaisissable de la nuit dans le rectangle de la fenêtre, puis, comme s'il parlait avec quelqu'un, sa pensée évolua en phrases rondes et distinctes : « Ma responsabilité n'existe plus. Tout ce qu'un homme peut faire, je l'ai fait. J'ai rempli mon devoir. Il est indéniable que j'ai été un bon catholique. » C'était la première fois qu'il pensait à cela et il en était étonné. « J'ai accompli toutes mes obligations. Du moins, j'ai rendu à César ce qui était à César… Sans conteste », jugea-t-il. « Je suis parti en voyage pour me reposer. Il n'est plus question de savoir quel est mon devoir mais seulement de sauver ce qui peut encore l'être. » Il resta longtemps allongé ainsi, les yeux ouverts. Ensuite, comme quelqu'un rédigeant ses aveux à la police, il exprima ses pensées d'un ton décidé et net en contemplant l'obscurité avec des yeux ronds : « Il n'y a aucun doute maintenant, malgré ma volonté et ma raison, il est clair que je ne peux vivre sans elle. Hélas… » Il éteignit sa cigarette, écrasa soigneusement la braise de son mégot sur la plaque de marbre de la table de nuit, se tourna vers le mur et s'endormit immédiatement.

*

Il se réveilla tard le lendemain matin et s'installa en hâte à sa table où il écrivit trois lettres. La première à la danseuse, une lettre brève et polie, rédigée dans le style abrégé propre à l'intimité, sans débordement particulier, presque commerciale et objective ; il portait à sa connaissance que sa prévision s'était réalisée, qu'elle avait atteint son but et que pour sa part, il avait tout à fait renoncé à se défendre ; il était convaincu que la contrainte où il se retrouvait (il usa de ce terme juridique pour décrire leur relation), indépendante de sa volonté et de sa raison, lui était fatale et qu'il était dans l'obligation d'en reconnaître les conséquences ; il allait donc mettre en route la procédure de divorce et lui demandait dans le même temps de devenir sa femme. Cette lettre était vraiment singulière ; en la relisant, il fut surpris, car il n'y trouva pas le moindre signe de sa passion. La deuxième, il l'écrivit à son épouse, sur un ton beaucoup plus amical et chaleureux ; il y évoquait le malheur commun qui s'abattait pareillement sur eux trois – il pensait à leur petite fille –, il rappelait sa résolution, qu'il était inutile d'expliquer car elle en connaissait sans doute parfaitement les causes. Quant à la dernière missive, plus courte, il l'adressa à un jeune ami avocat à qui il confia le soin de s'occuper des détails du divorce en lui demandant un règlement rapide sans tenir compte des conditions. Il envoya ces trois lettres par avion et vécut trois jours dans un état d'impatience et d'expectative. Le quatrième jour vers midi, il téléphona à Paris. Ce fut la gouvernante qui répondit ; durant les six minutes de conversation, elle l'informa qu'Élise était partie avec son imprésario espagnol, dont il se souvenait vaguement du nom prononcé au cours de leurs conversations. Ils étaient à São Paulo, la gouvernante n'attendait plus qu'un télégramme pour les rejoindre et préparait aussi ses bagages. Non, Madame ne lui avait confié aucune lettre. Ni aucun message. Que désirait Monsieur ? Non, puisqu'elle le disait, Madame ne lui avait rien confié pour Monsieur.

*

Il avait fait la connaissance de la danseuse l'année précédente, « en des circonstances indignes », comme plus tard il s'en était lui-même persuadé ; naturellement les circonstances ne paraissaient « indignes » qu'aux hommes exceptionnels et incomparables dont faisait partie Askenazi, qui en tirait les conséquences. Il avait pu mesurer la véritable importance de sa personne à l'opposition dont avaient fait preuve son environnement le plus proche puis le cercle de ses amis et de ses collègues, c'est-à-dire tout son monde, vis-à-vis de la « catastrophe » ; plus tard, il s'était étonné de ne pas avoir succombé à la folie des grandeurs : en effet, en additionnant les arguments et les contre-arguments qui le mettaient en garde contre cette liaison, il aurait pu se prendre pour un prince égyptien pour lequel contracter toute union avec une femme qui n'était pas de sang princier eût été sans aucun doute jugé déshonorant. Il lui fallait admettre que la société s'était mobilisée en faveur du salut de cet échantillon exceptionnel de l'humanité qu'était Viktor Askenazi et que celui-ci, oublieux de sa vocation et de ses obligations envers les hommes, s'était livré en pâture à une passion vile et dégoûtante ; encore que, dans les premiers temps, lui-même ne pensât pas que cette relation fût d'une importance fatale et la seule chose qu'il en retirait était qu'à l'âge de quarante-sept ans, après une vie amoureuse relativement terne et une existence vouée à la discipline et au travail, il avait rencontré une femme, pas dans des conditions idéales, certes, mais qui comptait incomparablement plus pour lui que n'importe quelle autre femme qu'il avait connue auparavant, que cela l'avait rajeuni physiquement et c'était tout juste s'il ne se sentait pas heureux en sa compagnie. Son entourage avait accordé une importance excessive à ce fait somme toute banal que constitue la passion physique d'un homme mûr, en pleine crise, pour une jeune femme, un accident de parcours relativement fréquent dans l'histoire de l'humanité, y compris pour des hommes aussi extraordinaires qu'Askenazi.

À un certain moment, au-delà des frontières de son petit monde, son « cas » jouit d'une telle popularité qu'il n'aurait pas été surpris d'en trouver une trace dans les journaux du matin ; il lui fallut du temps pour comprendre que ce vibrant intérêt général envers une affaire privée plus pénible et triste que tapageuse et libertine, en l'occurrence une relation charnelle illégitime comme la sienne, ne concernait pas tant les personnes incriminées qu'un principe universel au nom duquel la société civilisée déployait toute sa rigueur disciplinaire.

Il mit du temps à comprendre que son entourage, sa famille, sa parentèle, son cercle d'amis, et même ces hommes de qualité auxquels le reliait sa profession, dont il n'aurait jamais soupçonné qu'à part la philologie générale et la linguistique comparée, ils s'investiraient également dans des histoires intimes, que tous ces gens interviendraient auprès de lui, Viktor Henrik Askenazi, alors âgé de quarante-sept ans, non pas dans le but de le sauver, lui, ni dans celui de protéger le bonheur de son épouse et de sa famille, ou les liens « sacrés » du mariage, mais pour défendre un certain accord tacite, reconnu par tous, que nul n'était censé rompre, surtout pas les éléments fondateurs et les garants de la société. Sa stupéfaction augmenta et atteignit son apogée lorsqu'un jour – le chaos avait alors envahi totalement sa vie, il avait quitté son appartement pour habiter avec la danseuse et, plus surprenant que tout, il vivait cette situation « indigne » sans « culpabilité », il enseignait, travaillait et se sentait plutôt bien – était venu le trouver le président de cette société savante dont Askenazi était un membre modeste mais reconnu. Le patriarche d'âge canonique, extrêmement réservé, hautain et inaccessible avait entrepris cette visite en respectant un strict formalisme bourgeois ; vêtu d'une redingote, il avait confié sa carte de visite au domestique de l'hôtel de seconde catégorie où Askenazi vivait depuis des mois avec la danseuse et, son chapeau melon entre ses mains gantées, il avait franchi le seuil de cet « antre du vice », de ce « lieu de débauche » avec autant de circonspection et de solennité que s'il était venu rendre visite à un mort, un ami précieux ayant rencontré sa fin dans cet environnement « indigne ». Cette visite avait d'abord surpris Askenazi, plus tard il s'en était amusé, puis indigné, mais en fin de compte elle le fit réfléchir et l'affecta. Le vieillard, fleuron des réunions officielles de la société savante, jouissant d'un grand respect dans les cercles érudits, homme digne de confiance, réputé sérieux mais aussi très borné, eut un mouvement de recul sur le seuil du « lieu de débauche », puis, les yeux baissés, il commença à parler d'une voix tremblante d'énervement après avoir refusé le fauteuil qu'Askenazi lui offrait. Askenazi, persuadé que le vieil homme n'était pas sorti de sa solitude patriarcale de son propre chef mais qu'on l'avait délégué – « on », c'est-à-dire les membres de cette conjuration difficile à définir, ce « petit comité » qui prend forme dans ce genre de circonstances –, lui prêta une attention patiente. Pendant qu'il écoutait ce long discours saccadé, délivré d'une voix voilée et selon toute vraisemblance appris par cœur, il fut saisi de vertige, comme s'il rêvait, ou plutôt comme s'il sortait d'un long cauchemar pour accéder à une réalité dont il n'avait rien su jusqu'alors. Il fut contraint d'admettre qu'il n'existait point « d'affaires privées », même pour des hommes aussi exceptionnels que lui et il comprit aussi qu'en règle générale, la société ne tolérait pas les « affaires privées » pour peu qu'elles révèlent des signes de rébellion. La conduite d'Askenazi – c'est-à-dire le fait qu'il ait quitté son épouse qu'il n'aimait plus pour vivre dans des circonstances « indignes » avec une femme qu'il aimait, ou du moins, croyait aimer – correspondait en tous points aux critères définissant la subversion de l'ordre social et politique ; et même si le patriarche ne l'avait pas formulé, le ton de sa voix laissait entendre que si l'époque avait été plus tendue, par exemple en période de guerre, une telle chose eût certainement été punie par une sentence de mort. Le ciment qui soude une société humaine est un matériau particulièrement délicat et sensible à toute influence ; si on désagrège ce ciment avec des mains sales, l'ensemble se lézarde facilement. « Chaque affaire privée est importante », avait dit le vieillard d'une voix frémissante d'irritation, « et surtout celles des êtres que l'excellence de leur origine ou de leur esprit a placés dans l'élite de l'humanité. »

En entendant ces mots, Askenazi avait senti monter un irrépressible fou rire et il s'était détourné pour allumer une cigarette, évitant ainsi d'ajouter un second outrage au premier. La visite s'achevait – au cours de laquelle le vieil homme avait pour ainsi dire ôté sa toge de juge et, saisi d'une émotion sincère, avait supplié son excellent ami de ne pas se détruire, le conjurant de reprendre son travail et de regagner le domicile conjugal, car – il avait cité saint Paul – le devoir de l'homme de qualité est de maîtriser ses passions. Alors, dans un souci de concession, il ajouta : « Il arrive même à des esprits éclairés comme les nôtres d'éprouver des doutes envers le mystère de la sainteté. Mais selon saint Paul, "le mariage est un mystère". Réfléchissez à cela. » Au même moment, cet homme au bord de la tombe lui avait tendu la main et l'avait regardé d'un air tellement triste et désemparé qu'Askenazi en avait éprouvé une profonde compassion. Il l'accompagna jusqu'à l'escalier, regagna sa chambre en méditant ces paroles, alla chercher la Bible parmi les quelques livres qu'il avait emportés et l'ouvrit aux épîtres de Paul. « Le mariage est un mystère », lut-il, pensif. La force de la définition l'ébranla. « Saint Paul était un bon écrivain », songea-t-il. « Impossible de définir quelque chose d'aussi indéfinissable de façon aussi simple. » Le Livre des livres entre les mains, il se dirigea vers la salle de bains où il avait caché la danseuse à l'annonce de son singulier visiteur, car il n'avait pas souhaité heurter la pudeur du vieil homme en le soumettant à la présence de « la pécheresse ». Il trouva Élise assise en petite tenue sur le rebord de la baignoire, la tête baissée ; Askenazi fut stupéfait car c'était la première fois qu'il la voyait pleurer. « Il a raison », pleurnicha-t-elle en évoquant les paroles du vieillard ; puis elle ouvrit le robinet d'eau chaude et, se penchant au-dessus de la baignoire, elle continua en poussant un soupir enfantin et coupable : « Un mystère. » Askenazi comprit que « la pécheresse » acceptait de reconnaître quelque chose qui, à l'échelle de valeurs des femmes, était une défense légitime de l'ordre social. Cela dit, la danseuse ne perdit pas beaucoup de temps sur cette constatation ; elle haussa les épaules et entra dans la baignoire.

Cette visite occupa son esprit des jours durant ; il décida de se renseigner « méthodiquement » sur ce mystère – jamais, pour rien au monde, il n'abandonnerait la rigueur à laquelle il était habitué. Par la suite, ce ne fut guère « méthodiquement » qu'il y parvint, mais plutôt de façon arbitraire et aléatoire. Pour lui, « se renseigner » signifiait réfléchir et lire des ouvrages pour vérifier ses théories ainsi que pratiquer l'expérience directe si l'occasion s'en présentait. Jusqu'à l'âge de quarante-sept ans, il n'avait pas eu le temps de s'occuper de cette question. Ce qu'il vivait à présent l'ébranlait autant que s'il avait débarqué du jour au lendemain dans un territoire inconnu au climat différent, où les habitants parlaient une langue étrangère, portaient d'étranges accoutrements et rendaient honneur à des puissances surnaturelles au cours de bizarres et mystérieuses cérémonies tribales. Avant tout, il reconnaissait l'organisation particulière de la société des femmes : ce service secret de renseignements à l'aide duquel, de façon invisible, sans utiliser de mots signifiants mais en recourant à des sons et des signes, comme les sauvages dans la brousse qui envoient de vigilants signaux de fumée ou de sourds roulements de tambours pour se prévenir à grande distance du danger imminent, les femmes sont toujours prêtes à s'approprier les histoires des autres et à noter chaque symptôme avec une conscience scrupuleuse. Il finit par apprendre qu'aucun de ses pas, c'est-à-dire aucun fait, aucun geste, aucune décision selon lui des plus anodins, n'échappait aux projecteurs puissants que les femmes braquaient sur lui – y compris et surtout celles qui n'avaient a priori ni raison ni intérêt à cette surveillance mais témoignaient néanmoins d'un zèle désintéressé et instinctif. Il se rendit compte peu à peu que les « commérages » n'étaient pas seulement un penchant humain issu de haines réciproques, une tendance universelle, naturelle et grossière ; il comprit que les ragots étaient l'un des instruments éprouvés du dispositif de sécurité de la société, et que, bien qu'ils ne soient pas précisément distingués, on en a besoin, comme la police a besoin des confidences des maquereaux et des indics de la pègre, dans l'intérêt public. La société, plus particulièrement la société des femmes, qu'il commençait à entrevoir comme un État dans l'État, se défend du désordre et de l'émeute avec tous les outils à sa disposition ; et, suite à un examen approfondi, le souci de vérité le poussa à reconnaître cette défense comme justifiée.

Ce service secret de renseignements dont les femmes entouraient un homme séditieux n'était qu'une forme spécifique et subtile du système protecteur de la propriété privée ; Askenazi percevait les forces gigantesques qui sous-tendaient les infimes et persistantes bassesses, et l'ampleur des manœuvres mises en œuvre pour réglementer une « affaire privée » apparemment insignifiante l'incitait au respect : l'attaque lui semblait même atteindre une dimension internationale, car il recevait également de l'étranger des lettres pleines de bonne volonté et truffées de conseils avisés. À l'évidence, autant dans le « cas » d'Askenazi que dans n'importe quel autre, il était question de bien davantage qu'une banale histoire privée, des sentiments de Paul et Virginie qui changent ou qui tiédissent ; une intrication d'intérêts insondables se noue dans chaque histoire intime et pour les femmes, il était toujours question de cet accord global, ce pacte, ce contrat conclu entre elles au sein de l'univers régi par les hommes et dont les clauses les plus secrètes ne sauraient être divulguées sans constituer une trahison et un péché mortel : tel était le fond de sa pensée. Pendant un certain temps, il s'amusa de cette constatation mais plus tard, quand il s'aperçut qu'il était impossible d'échapper à leur surveillance, que ce soit à l'étranger ou entre quatre murs, il commença à s'inquiéter. Il mit relativement longtemps avant de se rendre compte qu'il n'y avait aucun refuge face au réseau d'information des femmes, et il capitula.

Les hommes qu'il rencontrait à cette époque-là se comportaient eux aussi de façon singulière ; consciemment ou pas, ils étaient tous au service des femmes et sans vraiment recourir à des actions perfides, ils ne se privaient pas d'émettre des doutes sur la légitimité de sa révolte en invoquant les arguments ronflants propres à l'éthique masculine. Les femmes leur laissaient le soin d'utiliser avec emphase les jugements moraux ; quant à elles, plus modestement, elles se contentaient de dénigrer la femme à l'origine de sa rébellion. Cette médisance opiniâtre, minutieuse et avisée avec laquelle, dans ce genre de situation, elles s'évertuaient à rabaisser aux yeux du factieux la valeur de son entreprise et son issue prévisible avait longtemps diverti Askenazi ; plus tard, il se rendit compte que ces manœuvres grossières commençaient pourtant à agir et qu'il n'arrivait pas à s'en préserver. Alors qu'à l'occasion, les hommes, mandatés par les femmes, insistaient plutôt sur « l'indignité » – à peu près sur le même ton dont ils réprimanderaient quelqu'un qui aurait agi légèrement en achetant beaucoup trop cher un article qu'il aurait pu obtenir pour beaucoup moins s'il avait marchandé –, les femmes, en principe et dans leur majorité, trouvaient naturel qu'un homme se sacrifie, mais elles ne comprenaient absolument pas que ce soit « justement pour cette femme-là »… Ce raisonnement complexe décontenançait Askenazi. Il se demanda longuement sur quelle femme il aurait dû jeter son dévolu pour qu'elles lui pardonnent son infraction – peut-être, s'il avait choisi une brune au lieu d'une blonde, une Espagnole au lieu d'une Russe, une experte en broderie, une maîtresse de maison accomplie ou une bonne pianiste, auraient-elles compris alors, et pardonné, son faux pas ? Il n'en était pas convaincu. Il lui fallait admettre que son choix importait peu et que rien ne pouvait le justifier : aux yeux des femmes, solidaires de la perdante, il n'en existait aucune, fût-elle plus belle, meilleure, plus dévouée, plus noble, plus sensible, plus amusante, plus amoureuse, ni aucun argument, qui eussent accordé à l'homme le droit de faire l'échange. Dans cette optique dont la sévérité inflexible et sans appel l'emplissait d'une stupéfaction déférente, il n'avait plus qu'à se faire une raison.

Personne ne comprenait pourquoi c'était « justement avec cette femme-là » qu'il avait trouvé, même brièvement, le « bonheur » – et les femmes qui s'étaient rangées de l'autre côté avaient très subtilement, presque insensiblement, œuvré en sorte qu'il soit assailli de doutes concernant la qualité de l'objet de sa passion. Elles louaient l'amabilité et la beauté de l'élue mais par de petites allusions déploraient le fait qu'elle ait « déjà trente ans » – hélas, pour une danseuse, cet âge avancé présentait des risques, n'est-ce pas ? –; en général, elles savaient utiliser l'argument de l'âge de façon convaincante, soit la femme était trop jeune, soit elle était dans la limite convenable, mais « qu'en sera-t-il dans dix ans ? ». Elles trouvaient irréprochable et toujours aussi séduisante l'allure de la rivale mais « tout de même, elle est un peu grassouillette, non ? » ; elles reconnaissaient qu'elle « s'habillait assez bien », ce qui revenait à dire qu'elle n'avait pas la moindre idée sur la façon de se vêtir et qu'il était surprenant que les enfants ne lui courent pas après dans la rue pour se moquer d'elle. Askenazi apprit aussi qu'il n'existe pas de grande ou petite ville en ce qui concerne les « affaires privées » – l'énorme cité où il avait élu domicile ne s'occupait visiblement de rien d'autre que de milliers d'affaires intimes en exerçant un contrôle indiscret et provincial ; en réalité, chaque rue de la grande ville était un petit village où le fait que la voisine enfilait des bas propres le matin constituait une information.

Il fut pris de vertige. Comme s'il venait seulement d'apprendre quelque chose sur les hommes : pour la première fois de sa vie, il appréhendait la réalité tangible de la misère dans laquelle ils croupissent généralement toute leur vie. À cette époque, la plupart d'entre eux manifestaient à son égard la même horreur teintée d'admiration qu'envers un aliéné qui se comporte héroïquement, certes, mais uniquement parce qu'il est fou et ne sait pas ce qu'il fait. Ses amis usaient de brèves et menaçantes insinuations pour le mettre en garde, qu'il réfléchisse bien, qu'il fasse attention – comme s'il détenait dans son appartement un animal dangereux, un lion ou une hyène, et qu'il serait plus avisé de le mettre en cage et d'en faire cadeau à un zoo avant qu'une catastrophe se produise. Certains d'entre eux lui conseillaient de partir en voyage et d'autres, le front ridé, faisaient allusion à la puissance de l'argent qui permet de trouver des solutions pour tout. Un certain nombre d'entre eux étaient tombés d'accord pour dire qu'il « fallait aller au bout » de cette relation ; mais ils ne voyaient pas d'un bon œil le fait que, de toute évidence, la façon dont Askenazi entendait « aller au bout » ne correspondait pas aux coutumes en usage ; il agissait ouvertement en assumant toutes les conséquences de ses actes, ce qui était sans doute « viril » et « distingué » à la fois mais excluait toute possibilité de compromis ; celui-ci aurait consisté à rendre visite à la danseuse deux fois par semaine comme tous les hommes mariés, en secret, de cinq à sept, et à lui verser à chaque fois une certaine somme d'argent (de préférence minime). D'une façon générale, les hommes comprenaient et approuvaient la passion mais trouvaient exagéré « le prix » dont il la payait. (Pendant longtemps Askenazi ne s'était pas rendu compte qu'il payait un prix ; au contraire, il avait plutôt l'impression que c'était à lui qu'on faisait un cadeau généreux et inattendu.) En tout cas, ils l'exhortaient à sauver sa peau, à toujours guetter le moindre signe louche et à ne jamais baisser sa garde ; il pouvait compter sur ses pairs en cas de danger, ils prendraient fait et cause pour lui et l'arracheraient aux bras du vampire…

Ils réprouvaient la situation sociale de la femme choisie ; c'est ainsi qu'il comprit peu à peu qu'il s'était engagé dans une lutte surhumaine en osant agir à l'encontre de certaines conventions ; d'après les éléments responsables de la société, « le péché » n'était supportable que s'il était perpétré selon un code préétabli, l'après-midi et dans un lieu convenant à cet usage ; celui qui transgressait les règles et entreprenait de « pécher » librement et individuellement risquait d'être exclu… Il se rendit compte que ses amis étaient choqués mais le considéraient avec un certain respect ; il finit par se repérer dans le tissu de leurs mensonges et de leurs inventions et fut ébahi de constater que rien n'était plus fréquent dans la vie des hommes que ce qu'on nomme communément des aventures. On ne prenait plus vraiment au sérieux celui qui s'adonnait à de tels plaisirs mais on l'entourait cependant des égards et de la compassion dus à ceux qui partent pour la mort… La plupart tombaient d'accord pour conclure que le mode qu'il avait choisi pour mourir était sans aucun doute agréable mais « indigne » d'un homme aussi exceptionnel que lui.

« Indigne » fut leur première rencontre, et vraisemblablement tout aussi « indigne » ce qui suivit ; très rapidement, Askenazi, consterné, se rendit compte avec un certain affolement que la société attendait de lui une conduite beaucoup plus respectable que celle dont il s'était jamais senti capable. Il avait rencontré la danseuse dans la rue, en début d'après-midi, un jour de grande chaleur à la fin du mois d'août ; elle montait l'escalier du métro devant lui, portant avec effort de sa main gantée un sac à main plus grand que la moyenne et visiblement bourré d'objets pesants ; elle n'avait pas de chapeau et ressemblait si peu à cet instant-là à la femme qu'il connut plus tard – était-ce le métro qui ne lui convenait pas ou le fait qu'elle portait elle-même son bagage, en cheveux, habillée comme une gitane ? – qu'Askenazi avait été par la suite assailli de doutes et s'était demandé si les choses se seraient passées de la même façon si, au lieu de tomber sur elle par hasard, dans la rue, et dans l'état où elle se trouvait, il l'avait rencontrée dans un salon, vêtue d'une robe du soir. En tout cas, il l'avait rattrapée et courtoisement, sans insistance, il lui avait proposé son aide en tendant la main vers le sac. Ces premiers instants dont plus tard il n'arriva jamais à rassembler tous les détails – il manquait toujours un élément à la scène, il ne se souvenait plus du premier regard échangé ni du premier moment où il avait vraiment vu ce visage, il ne se rappelait plus si en fait elle lui avait plu, ni les premiers mots échangés entre eux – furent le théâtre d'une lutte silencieuse ; la femme ne répondit pas à la proposition d'Askenazi, elle détourna la tête et, après lui avoir jeté un coup d'œil contrarié et agacé, s'éloigna ; mais Askenazi s'était déjà emparé du sac d'un geste entreprenant et c'est ainsi qu'ils avaient continué à monter quelques marches au milieu de la bousculade des voyageurs pressés. Askenazi venait de la bibliothèque et se dirigeait vers l'institut où il devait tenir une conférence à trois heures. Ils descendirent l'avenue de Wagram, toujours sans avoir prononcé une seule parole, mais à présent c'est à deux qu'ils portaient le lourd bagage dont Askenazi ne sut jamais le contenu, pas plus que les circonstances et les raisons pour lesquelles Élise était allée chercher ce sac à la gare, pourquoi elle n'avait pas pris un taxi, si elle avait à cette époque-là de l'argent ou pas, avec qui elle vivait ou si elle vivait déjà seule. De tout cela, il ne sut jamais rien. Muets (sembla-t-il à Askenazi plus tard), presque accablés, ils cheminèrent côte à côte, perdus dans leurs pensées, comme un couple dans une scène banale de leur vie, sans rien de particulier à échanger. Quelqu'un le salua et se retourna sur lui ; il répondit distraitement au salut, de la main gauche car de l'autre il serrait convulsivement le sac qu'il n'aurait pas lâché une seconde ; il reconnut un de ses étudiants, un jeune Sud-Américain très riche et très élégant qui contemplait Askenazi et la femme bouche bée, avec une stupeur enfantine. « Qu'est-ce qui l'étonne ainsi, celui-là ? » pensa-t-il, irrité. Très vaguement, il songea aussi qu'il serait peut-être temps de proférer quelques amabilités à la femme inconnue ; mais il repoussa aussitôt cette idée, la jugeant superflue et grossière.

Ils arrivèrent ainsi devant l'hôtel. « *Merci** », dit l'inconnue qui s'arrêta et d'un geste décidé prit le sac des mains d'Askenazi. Ce fut la première fois qu'ils se regardèrent en face. Ils durent rester ainsi pas mal de temps, peut-être quelques minutes, sans un mot, sans un geste. Deux jeunes femmes franchirent la porte de l'hôtel, habité en majorité par des artistes du cabaret d'en face ; elles saluèrent la danseuse d'Askenazi d'un signe de tête amical et familier mais ne s'attardèrent pas ; elles hélèrent un taxi qui démarra rapidement. Le visage de la femme était fatigué, sombre, presque triste. Elle répéta « *merci* », haussa les épaules et se dépêcha d'entrer dans l'hôtel. Askenazi ne la suivit pas. Il avisa une brasserie voisine, s'installa à la terrasse et commanda une bière à laquelle il ne toucha pas. « Il faut que je sois à trois heures à l'institut », pensa-t-il ; la perspective lui parut aussi invraisemblable que s'il avait dû être à trois heures en Afrique. Il regarda fixement le placard publicitaire du cabaret d'en face : un jongleur en haut-de-forme y lançait des balles multicolores en l'air. « Combien de temps va-t-elle me faire languir ? » songea-t-il impatiemment, contrarié. « Elle devrait déjà être là. » Il lui semblait attendre ici depuis longtemps – « Quarante-sept ans » lui traversa l'esprit. Au même instant, la femme inconnue, toujours en cheveux, sortit de l'hôtel, marcha droit vers lui d'un pas égal et lent, s'arrêta devant lui en le regardant sans sourire, sans chaleur, en réalité sans aucune trace de sympathie – comme lorsqu'on aperçoit une personne qu'on connaît depuis très longtemps, dont on sait tout et avec laquelle on vit dans une telle intimité qu'il serait superflu et absurde de lui prodiguer des marques particulières de confiance et de solidarité. « *Venez** », dit-elle sans insistance. Marchant côte à côte, ils pénétrèrent dans l'hôtel.

La femme essaya sans succès d'allumer la lumière dans l'ascenseur : l'interrupteur ne fonctionnait pas. « Il y a toujours quelque chose qui ne marche pas ici », se plaignit-elle d'un ton maussade, au moment où l'ascenseur démarrait.

*

C'est de cette façon « indigne » que tout avait commencé. Dans un hôtel garni habité par des danseuses, avec une femme rencontrée dans la rue qu'il avait suivie jusqu'à sa chambre où il était ensuite resté un temps indéterminé, alors qu'il aurait dû aller à l'institut où l'attendaient ses étudiants. La chambre d'hôtel lui était apparue comme une évidence ; non seulement parce qu'elle ressemblait à toutes les chambres d'hôtel mais aussi parce que tout lui semblait à sa place : les meubles, le châle vert jeté sur le lit, une grande boîte à chapeaux et plusieurs petits sacs sur la table ; la seule chose qu'Askenazi n'avait jamais vue ailleurs était le gros sac qu'ils avaient porté ensemble jusqu'à l'hôtel. Tout était familier dans cette pièce, familier jusqu'à l'ennui. Comme un lieu où l'on habite depuis des années et où il est inutile de vérifier la présence de chaque objet : il suffit de pénétrer dans chaque pièce pour sentir s'il y manque quelque chose. Dans cette chambre, il ne manquait rien.

Le lendemain, il était déjà tard dans la matinée lorsqu'il quitta l'hôtel et sortit dans la rue. Pendant ces semaines-là, le ciel et les températures manifestèrent toutes sortes de variations et d'écarts bizarres. Dehors, il fut accueilli par un soleil entrecoupé d'averses et le vacarme d'une intense circulation. Il fit quelques pas en direction de l'Étoile. Il acheta un journal et l'ouvrit distraitement ; il n'aurait pas été autrement surpris d'y trouver en première page une information le concernant, un gros titre tel que celui-ci : *« Hier à trois heures de l'après-midi sur l'avenue de Wagram, Viktor Henrik Askenazi, professeur à l'Institut des langues orientales a été victime d'un attentat mortel. »* Peut-être une photo aussi, légendée « *La victime* » ou un cliché de l'hôtel, la scène du crime. Mais il n'y trouva rien de tel. Seul un studio de cinéma avait brûlé dans la nuit et un Premier ministre étranger arrivé en visite officielle à Paris souhaitait avec ardeur approfondir les relations d'amitié de son pays avec la France. C'était insuffisant pour Askenazi. Il plia le quotidien, grimpa dans un taxi et donna l'adresse de son appartement. Tandis que la voiture empruntait les rues inondées de lumière en direction de la rive gauche, il en percevait le spectacle avec une acuité, un intérêt particuliers. Il remarqua un nouvel immeuble en train de se construire en face du pont de l'Alma ; il était passé par là jour après jour pendant quinze ans et jamais il n'avait remarqué l'emplacement vide. Il ôta son chapeau et tendit son visage au soleil. « Je suis chauve », pensa-t-il et, sans transition : « Oui, ça va être différent maintenant. » Il ferma les yeux, se cala au fond du siège et sourit. Pendant le parcours entre l'hôtel et son appartement, un sentiment particulier de sécurité et la supériorité due à un mélange de certitude, de force et de calme l'envahirent totalement et ne le quittèrent plus au cours des semaines qui suivirent ; elles se révélèrent en fin de compte des armes presque invincibles – tout le monde avait littéralement battu en retraite devant lui à cette époque-là et tout s'était organisé avec naturel et simplicité. Pour la première fois de sa vie, il se sentit bon. Cela le surprit. « L'homme n'est pas bon », pensa-t-il avec méfiance. « Il n'est pas fait pour la bonté. » Il n'arrivait pas à imaginer un obstacle quelconque, moral ou conjoncturel, qu'il n'eût franchi avec aisance. Comme toute personne tellement convaincue d'avoir raison que toute discussion devient absolument impossible et qui, forte de son évidente vérité, considère ses contradicteurs, perdus d'avance, avec une patience et une bonne volonté teintées de commisération, il avait estimé totalement superflu de fournir une explication quelconque aux événements. « Je n'ai aucune raison de me justifier », pensa-t-il, sereinement, avec indulgence, « ce serait plutôt à moi de demander pourquoi il m'a fallu attendre si longtemps... » C'est fort de cette assurance tranquille qu'il monta l'escalier vers son appartement, pénétra dans l'entrée, marqua un temps d'arrêt pour se diriger ensuite, son chapeau à la main, droit vers la chambre à coucher.

Son épouse était assise dans un fauteuil à côté de la fenêtre, vêtue comme pour sortir ; à cet instant, Askenazi ne sut pas précisément depuis combien de temps elle était assise ainsi – s'était-elle installée là, à côté de la fenêtre, déjà la veille au soir, ou s'était-elle réveillée et habillée tôt ce matin ? Le lit n'était pas défait ; il n'arriva pas non plus à déterminer si c'était parce que Anna s'était réveillée tôt ou s'il n'avait pas été défait du tout. Il s'assit en face d'elle, au bord du lit, et hocha la tête. La femme le contemplait en silence ; comme s'il voyait pour la première fois ce visage très pâle, il regarda avec curiosité les traits familiers et cependant totalement étrangers. « Belle femme », songea-t-il, avec une sorte de reconnaissance chevaleresque. « Très belle. Bien plus que l'autre. » L'espace d'une seconde, il eut envie de le lui dire ; mais il en éprouva immédiatement de la honte car il se rendit compte que ce compliment, à cet instant précis et dans cette situation, serait assez déplacé.

D'ailleurs ils ne ressentaient ni l'un ni l'autre le besoin de parler. Ils restèrent très longtemps assis, immobiles ; Askenazi se souvint plus tard avoir entendu en provenance de la pièce voisine des cliquetis d'assiettes, on devait mettre le couvert ou desservir la table du petit-déjeuner, il entendit aussi la voix de sa petite fille qui chuchotait avec la femme de chambre. Il lui sembla vraisemblable que non seulement Anna, mais aussi l'enfant, la servante et tout le monde en général était parfaitement au courant des événements, et que, sans avoir échangé un seul mot ni une seule explication, chacun savait qu'hier après-midi, il s'était produit pour Viktor Henrik Askenazi, à l'âge de quarante-sept ans, un événement aussi impossible à expliquer, justifier et modifier que s'il s'était fait renverser par un tramway ou si on lui avait diagnostiqué un cancer ; à présent personne ne pouvait rien faire, le plus important était d'attendre la suite en gardant son sang-froid. Il aurait volontiers entamé avec Anna une conversation amicale, il aurait aimé partager cette expérience avec elle, comme ils avaient tout partagé jusqu'ici ; il estimait impossible qu'Anna ne se réjouisse pas qu'il lui arrive enfin quelque chose d'aussi magnifique et extraordinaire. Mais il ne trouva pas les mots pour communiquer cette heureuse nouvelle. Ces mots qu'il connaissait jusqu'à leurs racines, qu'il savait remonter jusqu'à leurs obscures origines, avec lesquels il travaillait comme un maçon avec les briques, lui semblaient à présent des lieux communs grossiers et inutilisables, fabriqués dans une matière étrangère. « On dirait », songea-t-il rêveusement, assis sur le bord du lit, chapeau à la main, en face d'Anna, avec qui il avait vécu et dormi dans cette pièce et dans ce lit pendant quinze ans, « que la vie est faite d'une substance différente de celle que j'ai connue jusqu'ici. La langue aussi est une matière inconnue, elle n'est que symbole, signalisation, comme les hiéroglyphes. Pour pouvoir dire quelque chose, il faudrait d'abord traduire la langue… » Cette idée le préoccupa… Leur mutisme prolongé semblait être devenu leur seul outil de communication, leur seule possibilité de discours. Il avait le sentiment de ne jamais avoir discuté avec quiconque en étant aussi bien préparé, avec autant de profondeur et autant de richesse dans l'argumentation, que pendant ce temps de silence. Anna ne pleurait pas ; elle était très pâle mais il ne voyait pas de traces rouges sous ses yeux ; elle était assise droite, dans une posture légèrement sévère, son châle au crochet sur les épaules et les bras croisés. « Elle va peut-être mourir », pensa Askenazi en passant, objectivement. « Ce serait terrible. Mais que pourrait-on y faire ? » Aucune solution ne lui vint à l'esprit. En même temps, il savait avec certitude qu'Anna n'allait pas disparaître, qu'elle était la plus forte, y compris maintenant, assise en face de lui, où leur discussion muette dans cette autre langue, cette langue maternelle inconnue, celle de la « vérité », retentissait bien plus fort que des hurlements – et bien que ce fût lui, Askenazi, qui avait raison, c'était Anna qui allait l'emporter. « Oui, elle sera la plus forte », s'étonna-t-il, comme quelqu'un levant les mains au ciel en découvrant avec stupeur l'injustice de la vie, « elle va le supporter et c'est moi qui vais mourir ! » Il percevait l'iniquité, l'illégitimité de cette certitude et cette découverte heurtait son sens de la justice ; les sourcils froncés, l'air ulcéré, il regardait devant lui. Au cours de ces heures, ils firent le procès qui allait décider de sa vie et il en était conscient ; il s'en réjouissait même un peu, tel un prisonnier ayant connu une longue détention préventive aspire au jugement du tribunal, quelle que soit la sanction, et en même temps il aurait aimé protester et dire qu'il y avait erreur, qu'on avait échangé leurs rôles, qu'il ne devait pas être l'accusé mais la victime. Anna le fixait sans sourciller – ils se contemplèrent presque avec impudeur ; comme si chacun avait découvert chez l'autre une nouvelle et cruelle nudité – une nudité dont la vision était presque insoutenable d'indécence. Il regarda Anna avec colère car il fut envahi de la certitude qu'elle allait gagner la bataille, contre toute règle et contre toute justice. Il savait qu'un processus se mettait en place, qui ne datait certainement pas d'hier après-midi, dans cet hôtel, avec cette femme inconnue, qui n'était pas uniquement sa relation avec Anna et avec cette inconnue, pas uniquement le fait que sous peu, il allait partir d'ici, quitter cet appartement, son enfant, Anna, son travail, la « forme » de sa vie et qu'il allait rejoindre cette autre femme, dans un autre appartement, au sein d'autres « formes » – tout cela n'était que des accessoires, des détails de ce processus, ou de cette expérience qui n'avait fait que « commencer » ; la femme inconnue disparaîtrait également de sa vie, toutefois le processus continuerait – Askenazi en était le moteur, le sujet, la signification, pas seulement l'homme de quarante-sept ans, chauve, au nez chaussé de lunettes, assis en ce moment en face de son épouse, le chapeau à la main, mais un autre, au destin personnel et à l'idéal brisés dans des circonstances aussi abjectes et viles que cette chambre, Anna, l'hôtel et la femme inconnue. Il ne fallait vraiment pas, non, il n'était pas convenable d'expliquer à Anna ce qui lui était arrivé – comme si quelqu'un avait voulu expliquer un tremblement de terre en disant que ce n'était pas sa faute, tout en exprimant ses excuses parce qu'un monde s'engloutissait avec lui... Il ne pouvait vraiment pas se justifier devant Anna à cet instant précis, pas plus qu'il ne pourrait le faire devant une Anna différente, car en effet lui-même commençait à peine à deviner quelque chose, avec un effort, en hésitant, comme un enfant qui apprend une langue étrangère. Nul besoin de chercher à persuader Anna que lui, Askenazi, son époux depuis quinze ans, n'était pas un débauché coureur de jupons qui, après avoir couru l'aventure pendant la nuit, se traînait jusque chez lui comme un matou qui a la gueule de bois après ses excursions amoureuses. Anna savait très bien ce que signifiait le fait qu'Askenazi ne soit pas rentré cette nuit, au bout de quinze ans de mariage. Elle le comprenait si bien qu'elle ne pleurait pas, ne se lamentait pas, n'avait pas téléphoné à la police, elle s'était contentée de s'asseoir près de la fenêtre, tout habillée, son châle au crochet jeté sur ses épaules, comme si elle avait très froid ; et elle avait veillé. Comme si brusquement ils étaient tous les deux traversés par un courant glacé, Askenazi aussi commençait à avoir froid, il avait presque les dents qui claquaient. Il pensa aussi avec un peu de lassitude qu'un jour, il lui faudrait « expliquer » tout cela – pas à Anna, qui de toute façon savait et comprenait tout et avec qui, en ces instants mêmes, il « s'expliquait » déjà ou, plus exactement, où tous deux entendaient parler leurs âmes – mais à quelqu'un, un juge peut-être, ou un prêtre, qui ne comprendrait pas et serait en droit de demander des comptes. « Comme ce sera difficile », pensa-t-il, contrarié. « Rien de plus difficile que d'évoquer une affaire intime. » Bien sûr, lui, Viktor Henrik Askenazi, n'était qu'un homme, pétri de fautes, de penchants coupables et de faiblesses ; mais toute sa vie, il avait perçu une voix singulière, pas vraiment humaine mais plutôt musicale, même si elle n'était pas réellement mélodieuse ; tant que cette voix serait présente, il n'aurait rien à craindre, rien ne serait de sa faute ; pour l'instant, elle était encore audible. Certes, il allait chuter parce que Anna était la plus forte, mais il allait le faire proprement et jusqu'à la fin il entendrait cette voix particulière ; peut-être n'était-il pas important de savoir s'il était innocent ou coupable dans sa chute… « Les gens aiment trop la facilité », pensa-t-il avec reproche, « ils ont certaines idées toutes faites sur l'amitié, l'amour, le mariage, les aventures, les relations ; ils croient que la vie tient dans ces clichés ; eh bien non, elle n'y tient pas. » Ce qui se passait maintenant entre lui et Anna et l'inconnue n'était pas « le mariage », ni « l'aventure », cela n'avait pas de nom et serait difficile à expliquer… Grâce à Dieu, Anna comprenait. Comme un condamné à mort à qui on lit sa sentence et à qui on demanderait s'il veut une grâce. Bien sûr qu'il en veut une. C'est ce qu'Anna souhaitait et dont elle serait reconnaissante ; Askenazi la lui accorderait car son âme connaissait la commisération ; mais celui qui vit avec la pitié au sein des hommes est perdu. « Il faut choisir entre vivre et avoir pitié », pensa-t-il. « Anna sait que je connais la compassion et voilà pourquoi je suis perdu. » Il faillit rougir. En effet, à ce moment, il en conçut une profonde honte. Il détourna la tête, regarda autour de lui, et sentit cette honte l'envahir. Cette chambre, avec les armoires et le lit et le grand miroir, ces objets, cette Anna, jamais plus il ne pourrait les rejeter de sa vie, il les emporterait avec lui dans la tombe. Il n'éprouvait ni bravade ni colère, seulement de la tristesse et de la honte. Il savait que jamais plus, dans aucune situation, il ne ressentirait la même pudeur tremblante que maintenant, face à une femme qui savait tout de lui, y compris qu'il était enclin à la pitié et que dès l'instant où il serait capable d'agir librement à nouveau, il lui montrerait de la compassion. Il pencha la tête et se frotta le menton. « Les gens aiment un peu trop les explications faciles », songea-t-il à nouveau, vindicatif. « Par exemple, par rapport à l'aventure. Par rapport au mariage. » Il lui apparut que le mariage était une chose très indécente. « On ne peut vraiment pas faire "ça" avec Anna », se défendit-il, presque effrayé, « le mariage, ce n'est pas pour cela. On ne peut le faire qu'avec des inconnues. Mais avec quelqu'un qui sait tout de nous, on ne peut pas ; tant qu'elle est étrangère, oui… » Il lui revint à l'esprit qu'il aimait beaucoup Anna, que tout allait bien entre eux dans les premières années de leur mariage, dans cette chambre, tant qu'ils étaient étrangers l'un à l'autre, tant qu'un certain secret existait entre eux. Lorsque le secret disparut commença l'impudeur. Il aurait volontiers enfilé un manteau d'hiver tellement il avait froid, tellement il tremblait dans cette atmosphère glacée. « Anna doit avoir froid aussi », pensa-t-il ; il tendit la main pour replacer le châle crocheté sur ses épaules ; mais Anna recula.

« C'est mesquin de sa part », pensa-t-il. « Il ne faut surtout pas se mettre en colère ; où irions-nous ? Hélas, les femmes sont ainsi. » Il se leva et se mit à arpenter la pièce avec une désinvolture trop ostensible pour être sincère. Anna se leva aussi, s'avança vers lui et attrapa avec force sa tête entre ses mains ; ils s'arrêtèrent au beau milieu de la pièce et se regardèrent de très près. Il sentait les cheveux d'Anna sous son nez, son parfum familier d'herbe coupée, la senteur agréable, très familière d'un shampoing. « C'est ce qu'il y a de plus fort entre les gens », pensa-t-il, « les odeurs. On ne peut y échapper. » Il prit Anna par le cou et ils restèrent ainsi, debout, étroitement soudés, deux corps qui savaient tout l'un de l'autre, pas seulement le cœur et le cerveau, mais aussi l'estomac, le foie, la rate, et toutes les surfaces du corps. « Danger de mort », pensa-t-il, saisi de vertige à imaginer qu'il fallait maintenant séparer tout cela. « C'est de cela qu'il s'agit, d'un danger mortel. À côté de cela, à quoi bon dire ce qu'on fait et où on dort ? » Il embrassa Anna, et la bouche familière dont il connaissait l'odeur et chaque frémissement, la position des lèvres pendant le baiser, lui répondit docilement, avec souplesse et impudeur, un peu comme aux premiers temps, où existait encore « le mystère » entre eux. Anna lui devint brusquement étrangère ; il se détourna et ferma la porte à clé. Elle défit le lit et ils entreprirent de se déshabiller sans un mot. « Non, ce n'est pas possible », pensa-t-il, inquiet, « Anna est beaucoup trop sérieuse, elle ne peut pas se prêter à quelque chose d'aussi peu sérieux. » Il regarda autour de lui, comme s'il voulait s'échapper. « Elle est peut-être devenue folle », pensa-t-il avec frayeur, « c'est insensé, cette affaire de corps, impossible qu'Anna, qui est tellement réfléchie, tellement raisonnable… » Mais en effet, c'était bien à une affaire de corps que se préparait Anna, dût-elle en mourir ; c'était une « folie » vraiment déshonorante qui ne convenait pas aux personnes raisonnables et aux bons amis qu'ils étaient ; mais on ne pouvait y échapper, ce serait un grand affront s'il se sauvait à présent. Anna avait confiance en son corps et Askenazi fut presque ému par son courage héroïque lorsqu'il la vit étendue, entièrement nue ; les yeux clos, immobile, très blanche dans la lumière crue du matin, elle était allongée sur le lit comme sur une table d'opération – à cet instant, il était prêt à n'importe quel sacrifice chevaleresque pour la rassurer sur sa beauté et pour lui affirmer que le problème ne résidait pas là. Ils s'embrassèrent.

Leurs corps se collèrent l'un contre l'autre avec obligeance comme s'ils appartenaient à des gymnastes très entraînés qui, réagissant au moindre tressaillement, volent au secours de leur partenaire. « Il ne peut s'agir de cela », pensa tristement Askenazi, les yeux fermés, « il n'y a là-dedans aucun mystère. » Les corps se servirent l'un de l'autre, comme s'ils se passaient le pain et le sel, sans avoir à les demander, tels deux voisins de table qui mangent la même nourriture et qui savent ce qui manque à l'autre. « Impossible », réfléchit calmement Askenazi, sans se presser, puisque chaque corps connaissait son devoir, « c'est absolument certain, il ne s'agit pas de cela. À l'origine, ça n'a pas pu être créé ainsi. Dieu ne peut être aussi misérable. » Plus tard : « Il est évident qu'Anna se trompe, le corps, ce n'est rien. Vraiment, ce genre de chose ne me convient pas. C'est un tour de force, comme le couple d'acrobates coréens au cabaret. » Les yeux fermés, il sourit. Il se représentait clairement *le couple d'acrobates coréens*, dénudés sous les projecteurs, à la recherche de figures particulières, torturant leur corps avec ingéniosité ; à la dernière minute, la plus périlleuse de toutes, la musique s'arrête, la femme pousse un bref cri étouffé et ensuite vient le saut de la mort... Il entendit un bref cri étouffé ; il resta allongé un moment, immobile, il attendit que l'orchestre attaque et qu'explosent les applaudissements ; après, on rentre à la maison.

Au bout d'un certain temps, il se rhabilla et partit. Anna demeura étendue sans bouger dans le lit, comme si elle dormait. Il se retourna une fois arrivé à la porte et craignit qu'Anna prenne froid si elle restait longtemps ainsi, nue. Il revint sur ses pas et la couvrit soigneusement. Il sortit de la pièce sur la pointe des pieds et, dans le couloir, il songea qu'il lui faudrait peut-être faire sa valise, emballer des vêtements et des livres ; mais ensuite, pris d'inquiétude, il regarda sa montre comme s'il avait peur d'être en retard et il quitta son appartement en hâte.

*

Il vivait depuis environ trois mois avec l'étrangère quand il commença à s'étonner de ce que le « bonheur » ou la « satisfaction », en d'autres termes cet état mental extraordinaire qui, selon l'appréciation universelle, est la seule compensation aux souffrances sur terre, ressemblât si peu à ce qu'il avait imaginé. Ce qu'il vivait était sans doute le « bonheur » mais parfois il le trouvait étrangement inconfortable, compliqué et, dans le fond, même pas agréable. L'atmosphère du bonheur le gênait surtout – il y avait là-dedans quelque chose d'outrancier, de forcé, comme si chaque jour de la semaine, dès le matin, il lui fallait revêtir un frac et un haut-de-forme. Il se rendit compte peu à peu qu'il était impossible de considérer le bonheur comme une propriété privée qu'on achète un beau jour, à l'instar d'un patrimoine sur lequel il ne reste plus qu'à veiller pour qu'il ne perde pas de sa valeur et qu'on ne le vole pas. Le bonheur, en réalité, il fallait le redécouvrir sans cesse, à chaque demi-heure, à chaque minute, il se manifestait de façon totalement imprévue et en général, il était plus épuisant et énervant qu'apaisant et agréable. Les mois qu'il avait passés en compagnie de l'inconnue (en ce qui le concernait, Anna était restée celle qu'il connaissait et Élise, l'étrangère, peu importaient la distance dont il s'était éloigné de la première et la façon dont il s'était rapproché de la seconde, quand il y pensait, c'était toujours ainsi qu'il les nommait) lui faisaient parfois penser à sa « période militaire », à cette année de service qu'on essaie de traverser si possible avec bonne humeur, car bien qu'elle soit fatigante et pénible, elle fait partie de la vie. Donc, à présent, c'était « la belle vie ». En tous les cas, la situation était exceptionnelle – il fallait revêtir un costume, comme à l'armée. (La façon de se vêtir d'Askenazi, qui jusque-là s'était habillé un peu n'importe comment, comptait beaucoup pour Élise ; elle lui faisait faire des complets, des chemises et des cravates qui, même s'ils lui rappelaient les vêtements qu'il portait auparavant, lui paraissaient plutôt des costumes de théâtre, des déguisements.) Ses heures de lever et de coucher changèrent, la qualité de ses repas s'avéra différente, et pendant les autres parties de la journée se déroulaient des services particuliers dont Askenazi ne réussit jamais vraiment à comprendre l'intérêt, mais auxquels, comme à l'armée, il ne jugea pas important de réfléchir. Par exemple, à une certaine heure de la journée, il lui fallait attendre Élise comme une sentinelle, sous un arbre, et elle n'arrivait que plus tard, il aurait aussi bien pu l'attendre à la maison ou dans un café, de toute façon le simple fait de l'attendre où que ce soit n'avait la plupart du temps aucun sens. Cette singulière organisation de l'emploi du temps réquisitionnait chaque heure du jour et de la nuit et, naturellement, empêchait Askenazi de continuer le travail qu'il avait entrepris et de poursuivre ses recherches ; mais cela aussi, il le trouvait naturel, comme lorsqu'il était soldat et qu'il ne s'occupait pas des devoirs de la vie civile. Parfois d'ailleurs, au cours de ses rêves, c'est ainsi qu'il se voyait, en habit militaire, la poitrine constellée de décorations mineures, pour plaire à Élise ; il songeait aussi que la « belle vie » était certes merveilleuse, mais ce ne serait pas mal, une fois son temps de service achevé, de pouvoir retrouver ses études et son mode de vie civil modeste et innocent, complètement dépourvu de cran, de discipline et d'héroïsme mais qui n'en restait pas moins sa vraie vie. Bien entendu, cela faisait plutôt partie de ses rêveries car quand il était bien réveillé, il se laissait constamment emporter par cet état extraordinaire, cette posture fringante et singulière allant de pair avec son changement de situation dans la société. Toutefois il n'oubliait pas une seule seconde que tout ceci n'était que transitoire, qu'il devait en passer par là et que ce n'était pas son état réel. « Il semblerait que je ne sois pas un amoureux professionnel », lui arrivait-il de penser après ces rêves si confus. Car il se rendait compte que parmi les hommes, il se trouvait de superbes amoureux par vocation, pour lesquels se vouer aux choses de l'amour était comme aller au bureau et dont la vie était totalement et professionnellement remplie par le service des femmes ; Askenazi observait avec une jalousie muette ces hommes triomphants qui s'adonnaient corps et âme à la belle vie, ne s'occupaient de rien d'autre et qui, avec le temps, atteignaient certainement un rang élevé dans ce domaine. En leur compagnie, Askenazi ne se sentait jamais à l'aise, à peu près comme un indécrottable civil ou un officier de réserve doit se sentir parmi des officiers d'active qui ne prennent pas le nouveau venu tout à fait au sérieux. « Dans la vie civile, peut-être puis-je encore parvenir à quelque chose », pensait-il parfois, dans un demi-sommeil, après une tâche fatigante, bien que brillante et fastueuse, « mais d'abord il me faut passer par cette année de service. » Et parfois il avait l'impression de voler ; il rêvait qu'il était Lindbergh, qu'il traversait l'océan, qu'il était en route entre deux parties du monde et qu'il n'était plus possible de reculer, de faire demi-tour ou d'atterrir ; il fallait continuer de voler jusqu'au moment de retrouver la terre. Le territoire connu qu'il avait quitté, son foyer, était sans conteste Anna – mais le but, le port, l'autre rive vers lesquels il se dirigeait, jamais dans ses rêves il ne les avait confondus avec Élise ; la destination à atteindre était clairement la terre inconnue où nul ne savait ce qui l'attendait. Élise représentait « le vol lui-même », « l'aventure », le danger de mort – il le ressentait ainsi – mais jamais le rivage. Il se figurait ce parcours en images comme l'autre, celui du service militaire et de l'uniforme ; il lui arrivait de surveiller son altimètre, ou la météorologie, la pluie, le gel ou la tempête à traverser pour atteindre le but. Anna était le foyer déserté, poignant et doux comme l'enfance, lourd de souvenirs douloureux et cependant intimes, elle personnifiait la mère et la maison familiale. Un jour, on doit les quitter à jamais quand on devient adulte, qu'on a une moustache, de l'argent et une maîtresse. « Non, je n'aurais vraiment pas pu ramener Élise chez Anna », pensait-il parfois en se cherchant des excuses.

« Jusqu'à quand cela va-t-il durer ? » se demandait-il quelquefois. « Ce voyage pénible… Et quand j'arriverai quelque part, que se passera-t-il ? Il ne me sera plus possible de retourner chez Anna. » Il savait qu'Anna était la plus forte, elle le tenait et ne le lâcherait jamais ; étrange toutefois qu'il ne puisse lui revenir complètement ; tout au plus pourrait-il habiter chez elle, sous le même toit, mais seulement en visiteur, en invité, comme lorsqu'il descendait chez sa mère en province ; Anna se confondait avec le foyer éternel mais il avait trop grandi pour y rester et quand il pensait au lit conjugal dans lequel ils avaient dormi avec Anna, il avait le sentiment qu'il n'y aurait plus assez de place pour lui, de même qu'un adulte ne tient plus dans le lit à barreaux de son enfance. Autour d'Anna, tout était raisonnable et propre, la bouche et les mains d'Anna sentaient bon, une odeur familière, intime, et le linge de table et de lit, ainsi que les gestes d'Anna quand elle prenait quelque chose entre ses mains, avaient une signification simple et un propos sans ambiguïté. Élise était beaucoup plus intéressante mais il ne la maniait jamais qu'avec suspicion, comme on touche les choses en voyage, à l'hôtel ou en chemin de fer, dans des environnements beaucoup plus attirants et excitants que sa propre demeure ; c'est pourquoi il se lavait les mains ou prenait un bain sans nécessité ; au cours de ces mois, il y avait des périodes de la journée où il ne savait que faire de son temps, comme un voyageur désœuvré assis dans sa chambre d'hôtel, à attendre l'heure du dîner ou de son départ, dans le tumulte d'une ville étrangère. Il était sans cesse stupéfait de se rendre compte à quel point le bonheur était un état difficile et compliqué. Mais à présent il était parti de chez lui et il lui fallait patiemment en passer par là ; ensuite, oui, ensuite, peut-être allait-il arriver quelque part ; voilà ce qu'il pensait.

*

Parfois, Élise rentrait tard, et d'autres fois elle ne bougeait pas de sa chambre pendant des jours ; il lui arrivait de sommer Askenazi de l'accompagner (il « devait s'habiller » pour l'occasion : Élise contrôlait personnellement le choix de sa cravate, de son costume et de ses souliers) et ils se rendaient alors dans de luxueux appartements au caractère indéfinissable, où s'agrégeaient des étrangers, assurément tous très intéressants, quelquefois amusants ou ennuyeux, visiblement très riches ou très célèbres, en un mot des individus jouissant d'une importance particulière dans certains domaines, qui accueillaient Askenazi avec distinction et affabilité, à peu près comme on rendrait les honneurs à un ambassadeur venu de loin dans un pays exotique.

Élise avait droit de cité dans ces appartements et connaissait la langue des hôtes, quant à Askenazi, il avait du mal à suivre les tournures particulières des expressions un peu étrangères dont on usait à son égard. Il fit ainsi connaissance avec beaucoup d'hommes célèbres, qui avaient acquis un certain prestige en matière d'argent, de théâtre ou d'autres occupations – Askenazi ne savait jamais exactement si ces hommes étaient chercheurs d'or ou marchands de volaille en gros ou « librettistes » de renommée mondiale ; en effet, il s'en trouvait parmi eux quelques-uns dont les autres prononçaient le nom avec un grand respect sans toutefois désigner le genre de livret dans lequel ils excellaient. Au sein de cette société, il était fréquent de trouver des gens amusants, au caractère direct, voire extrêmement spirituels ; la plupart parlaient la même langue, plus ou moins couramment ; mais il réussissait rarement à établir si l'homme magnifique et formidablement chaleureux avec lequel il venait de passer une plaisante demi-heure à bavarder dans un coin était acteur de cinéma ou sociologue. Dans cet univers, chaque mot, chaque geste restait à un millimètre de la réalité – parfois on la frôlait d'assez près mais à la dernière minute, comme par un accord implicite respecté de tous, on se rétractait et se mettait à parler d'autre chose, la plupart du temps avec beaucoup d'esprit. À l'instar des invités qui emplissaient les salons et les diverses pièces de ces appartements inconnus, les hôtes étaient soit très célèbres, soit très riches, mais sans conteste exceptionnels ; seul

Askenazi n'avait jamais entendu mentionner leurs noms et il se consolait en se disant que cela ne signifiait pas grand-chose car le monde au-dessus de lui était vaste et peuplé et que jusqu'ici, il n'avait peut-être pas lu avec suffisamment d'attention les potins mondains dans les journaux. Ils allaient souvent au restaurant et dans des bars où ils rencontraient les mêmes personnes célèbres et agréables, apparemment chez elles partout, avec lesquelles on pouvait magnifiquement passer la soirée ; Askenazi s'étonnait de voir comme il était simple de s'acquitter de cette plaisante convivialité. Il soupçonnait vaguement que « converser » n'avait pas la même signification que « parler » – de façon générale, il y avait quelque chose d'invraisemblable dans ces appartements, dans les manières de ces gens et aussi dans ce qu'ils disaient ; quelque chose d'inaccessible, comme s'il ne s'adressait pas à des êtres de chair et de sang, vivant dans trois dimensions, mais comme s'il les voyait et les entendait au cinéma. Cependant il n'osait pas faire part de ses doutes à Élise, qui appartenait elle-même à ce monde, qui était célèbre aussi, aurait-on dit, car partout on lui faisait fête et on l'accueillait avec beaucoup de joie ; seulement il n'arrivait pas à déterminer où, quand et pour quoi Élise était connue.

Tout le monde le traitait avec courtoisie et amabilité, mais sans curiosité particulière ni attention approfondie, comme s'il était un visiteur de passage, susceptible de reprendre la route le lendemain et auquel il est inutile de consacrer trop de temps.

Au cours de ces invitations, il était souvent assailli par l'impression qu'il conviendrait de demander la note après le dîner et de payer la facture. Cet univers avait beau lui paraître invraisemblable, il lui réservait parfois des surprises tangibles ; ils avaient logé pendant des semaines dans un hôtel, puis un jour ils firent leurs bagages et déménagèrent dans un appartement où les attendaient des meubles et le personnel, femme de chambre et valet. Il est vrai que cela n'étonna pas vraiment Askenazi. Dès le premier instant, dès qu'il avait franchi le seuil de l'hôtel garni avec l'inconnue, tout lui avait paru naturel, il n'aurait pas été surpris si un jour à l'aube des détectives étaient venus les chercher pour les arrêter, pas plus qu'il n'aurait trouvé extraordinaire l'apparition du nonce du pape dans leur chambre d'hôtel, en soutane écarlate et en gants pourpres pour entamer une amicale conversation avec Élise, qu'il connaîtrait depuis longtemps et pour laquelle il aurait beaucoup d'estime. Cela dit, tout ce qui se produisait autour d'Élise était trivial et insignifiant comparé aux événements qui se succédaient sans arrêt dans son monde intérieur – ces invisibles intempéries, avec pluie, canicule, simoun et neige, qui s'emparaient d'elle en permanence ; en tout cas, c'est ce qu'elle disait. Ce climat singulier la fatiguait quelquefois et dans ces moments-là ils ne bougeaient pas de chez eux, ne recevaient aucun visiteur, fût-il librettiste célèbre, éleveur de rats musqués ou boursicoteur. Élise s'habillait alors selon son climat interne ; parfois elle passait des journées entières en manteau de fourrure à frissonner derrière des fenêtres aux volets fermés, comme si elle errait au milieu d'une tempête de neige, peu importe si, du dehors, parvenaient les échos d'un mois de septembre chaud et ensoleillé ; toutefois, elle ne tenait pas compte de l'hiver non plus, et en décembre elle arborait un maillot de bain et prenait le soleil devant la cheminée. Askenazi n'avait donc pas été surpris par le déménagement d'Élise dans un appartement avec femme de chambre et valet ; vraisemblablement, pour elle, ce genre de chose n'était qu'une question de décision. Un jour, Élise lui demanda d'aller à la banque pour toucher un chèque assez important, signé de sa main, établi à son nom ; à la banque, ils lui avaient immédiatement remis en liquide une somme telle qu'il n'en avait jamais eu entre les mains et il avait trouvé naturel qu'Élise soit très riche ; mais quelques jours apres, Élise lui avait demandé de l'argent, des sommes insignifiantes, et plus tard encore, elle lui avait remis des bijoux en lui expliquant avec soin le montant à demander au mont-de-piété pour ces objets de valeur. Askenazi, curieux mais docile, sortait de l'argent pour le compte d'Élise à la banque, sans en être autrement affecté, il allait chez les prêteurs sur gages, discutait avec les courtiers et lui-même gardait constamment des sommes plus importantes dans son portefeuille ; il avait réalisé une grande partie de sa fortune en argent liquide pendant ces mois-là, toutefois quand il se sépara d'Élise, il fut surpris de s'apercevoir qu'eu égard au mode de vie désordonné qu'il avait mené, il avait dépensé relativement peu d'argent... Il aurait perdu son temps s'il avait cherché à savoir de quoi vivait Élise ou si elle avait besoin de quelque chose ; il était certes impossible de diriger ou de « mettre en ordre » l'existence de sa compagne mais cela ne paraissait pas nécessaire non plus. La vie d'Élise et tout ce qu'il avait observé autour d'elle étaient en ordre, à leur manière ; il eût été tout aussi superflu de lui donner des conseils que de convaincre un lion qu'il serait bien meilleur pour sa santé de se nourrir de plantes à l'avenir ou de persuader un moine de vivre dans le monde parce que c'est beaucoup plus amusant. Élise ne commettait pas d'erreurs, elle existait dans son propre monde avec son propre climat et n'en sortait jamais, même si elle était accablée de froid ou brûlée de chaleur par sa température interne. Ses compatriotes – des Russes, tous très célèbres, très riches et très distingués – la traitaient avec un profond respect, bien que le père d'Élise n'eût pas été un prince réfugié mais un négociant en poissons de Kiev, mort depuis longtemps, avant la révolution ; du reste, Élise ne savait pas grand-chose de la Russie et n'aspirait nullement à la connaître.

Elle n'éprouvait aucune envie d'aller ailleurs non plus ; elle voyageait dans son monde invisible comme une intrépide amazone ; et s'il lui arrivait parfois d'être emplie de frayeur par quelque rencontre inattendue, elle s'asseyait, le visage blême, à sa coiffeuse, recouvrait le miroir d'un voile et priait ou discutait. Askenazi ne lui demandait jamais où elle avait l'habitude de « danser » ni d'ailleurs quel genre de danse elle exécutait de manière générale, si c'était une sorte de danse religieuse ou du french cancan dans un cabaret quelconque. Il était convaincu qu'Élise avait connu beaucoup d'hommes, peut-être pas seulement des hommes mais des femmes et des crocodiles aussi. Rien de ce qui vivait ne lui était étranger. Cela ne l'aurait pas vraiment choqué si un jour la police des mœurs était venue chercher Élise pour l'obliger à placer dans son sac à main une carte jaune comme celle dont étaient munies les tristes filles de joie. Élise entretenait des liens intimes avec les animaux, parlait longuement avec les mouches, les chats lui couraient après dans la rue ; mais il l'avait vue également converser et même s'absorber en discussions avec des mendiants, qu'elle emmenait plus tard à l'appartement, où elle parlementait fiévreusement avec eux en finissant par les renvoyer sans la moindre aumône ; elle vivait en bonne intelligence avec tout ce qui était vivant. En même temps, autour d'elle, les choses se délitaient : les objets, influencés par sa présence, se mettaient à vagabonder ; quand elle échouait au service d'Élise, la matière vivante ou inerte modifiait son état originel, se détériorait ou se transformait. La plupart du temps, elle était de bonne humeur, elle aimait les repas copieux – à l'aube, elle entraînait Askenazi aux Halles, et là, elle touchait, humait, goûtait chaque chose et ne se tenait pas de bonheur à l'idée que la nature soit si variée et si inventive ; à l'instar d'une parvenue qui veut tout avoir, mais pas au sens social, plutôt comme une opportuniste de la vie, elle s'emparait avidement de tout ce qui brillait, de tout ce qui avait bon goût ou sentait bon et dont elle n'avait pas encore eu sa part. Elle vivait à l'intérieur de son propre monde invisible mais par ailleurs elle n'était nullement indifférente ni insensible aux joies et aux surprises du monde réel. Elle accordait beaucoup d'importance aux formes ; elle attrapait Askenazi par le bras et l'emmenait à l'église avec elle le dimanche, où elle s'agenouillait, tête baissée, et priait longuement. Élise était attachée aux rituels, certes, mais plutôt comme le serait une négresse si elle était présentée à la cour d'Angleterre ; de temps en temps, elle oubliait les règles élémentaires du savoir-vivre, et à d'autres moments elle devenait d'une solennité et d'une mondanité ombrageuses, plus pointilleuses qu'il n'était prescrit par les conventions sociales. Elle ne connaissait pas le sentimentalisme.

Elle était jeune mais la vie mondaine avait modelé et altéré sa beauté avant l'heure ; parfois elle s'asseyait devant sa coiffeuse et ne se reconnaissait pas dans le visage reflété par le miroir. Quelquefois, elle baisait sa propre épaule et se félicitait d'être tellement bonne que le monde ne la méritait pas. Et surtout pas Askenazi. Il s'apercevait que parfois elle avait oublié son existence ; peut-être n'étaient-ils plus ensemble que par simple distraction. Par exemple, Élise omettait de lui dire à quel moment elle voulait partir d'un appartement ami et il lui arrivait d'y traîner jusqu'à ce qu'un de leurs hôtes s'en rende compte et le renvoie chez lui. Aux hommes chez qui ils allaient en visite, Élise s'adressait d'un ton aussi jaloux, aussi passionné qu'à Askenazi ; il est certain qu'elle devait accorder la même importance à tous les hommes, y compris à ceux qu'elle ne connaissait pas encore et qui vivaient en Laponie. À cette époque, Askenazi était d'une inaltérable bonne humeur. Sûrement, il aurait pu découvrir sans peine les dessous des affaires d'Élise, peut-être lui aurait-il simplement suffi de prêter attention à ses paroles quand elle discutait avec quelqu'un, de lire une ou deux de ses lettres, de lui demander son passeport. De temps à autre, il la soupçonnait d'être une vulgaire aventurière, sans même beaucoup d'envergure, et dans le fond pas si intéressante que cela. Ces constatations n'entamaient pas sa bonne humeur, ce sentiment de sécurité enjouée qui l'envahissait en permanence, car il savait qu'il avait raison, que c'était bien ainsi et qu'il ne pouvait en être autrement. Il ne s'occupait pas de « l'avenir » avec autant de curiosité qu'Élise. Elle expliquait souvent à Askenazi que « leur cas était différent », parce que Askenazi était « d'une autre sorte ».

Askenazi acquiesçait de la tête. Sa relation avec la danseuse attirait alors l'attention d'un large cercle de gens ; il avait demandé un congé de longue durée à l'Institut des langues orientales et ne se préoccupait pas de ses recherches. Il s'occupait d'Élise. Il la contemplait quand elle dormait, attendait patiemment qu'elle rentre d'une de ses excursions capricieuses, prenait ses objets et ses vêtements dans les mains et les observait. Élise était quelquefois fatigante mais jamais ennuyeuse, souvent ridiculement généreuse, parfois d'une grossièreté rafraîchissante, mais avec tout ça, c'était une femme simple et terriblement sincère et tout sauf mystérieuse. Son mode de vie, son entourage, ses affaires particulières, tout cela intéressait très peu Askenazi qui débarquait d'un autre monde et d'une autre vie, et il devinait sans effort que l'écrasante majorité de ces gens dont il ne connaissait rien menaient une existence aussi capricieuse et échevelée qu'Élise. Ses « données administratives » personnelles, comme il s'en faisait souvent la réflexion, ne l'intéressaient pas ; Élise lui convenait en tant que compagne de voyage, on pouvait prendre la route avec elle ; et celle-ci ne menait pas au monde, et encore moins à son monde à elle. Élise était certainement une femme très originale, très séduisante, présentant un intérêt exceptionnel pour les hommes ; mais l'espoir d'Askenazi ne reposait plus sur elle et il n'était même pas jaloux – pour l'instant il avançait dans une obscurité totale, il était à l'affût du chemin à emprunter, il veillait à ne pas rater le signal que lui donnerait enfin Élise pour le mettre sur la voie, pour qu'il puisse continuer sa propre route qui l'attirait et le terrifiait à la fois. Anna ne pouvait plus l'aider au cours de cette étape ; Élise ne pourrait l'accompagner que jusqu'à un certain tournant. Il était une sentinelle aux aguets. Il attendait le moment où il lui faudrait quitter Élise, de la même façon « violente » ou « cruelle » dont il avait quitté Anna ; le moment où il lui faudrait peut-être abandonner tout le monde pour aller encore plus loin – et c'est avec une crainte grandissante qu'il songeait au moment où cette « idylle » ou cette « aventure » prendrait fin et où il resterait inéluctablement seul, confronté au devoir que le destin, hélas, lui réservait.

Il avait vécu patiemment, des mois et des mois, dans des chambres étrangères, face à une femme inconnue, au sein d'un environnement indéfinissable, piètre figure d'un amant vieillissant, à guetter le signe, cette clé secrète qui lui permettrait de dénouer cet enchevêtrement d'images et de symboles multiples. Il attendait tranquillement, il savait qu'un jour, s'il ne perdait rien de sa vigilance et de son obstination, il recevrait une réponse cohérente à la question ; il est vrai qu'il aurait fallu d'abord soigneusement formuler celle-ci, ce qui n'était pas facile. Il surveillait Élise, chacun de ses gestes, comment elle téléphonait, prenait un bain, se peignait ou se nourrissait ; il était modeste, voire presque muet en compagnie d'Élise mais d'autant plus tenace. Il n'envisageait à aucun prix de partir les mains vides. En quinze années, Anna n'avait pu donner de réponse à la question ; il allait maintenant la poser à Élise et, si elle ne répondait pas non plus, il continuerait sa route, il demanderait à tous ceux qu'il trouverait sur son chemin. Après avoir utilisé en vain les outils de l'intelligence pour y répondre, il était contraint de continuer sa recherche avec des moyens plus vulgaires, plus louches et impurs, comme le corps et les sens. Pour l'instant, il ne pouvait poser directement sa question à celui qui connaissait la réponse – « l'idée », comme il la nommait. Il était têtu et continuait à chercher seul.

Le « petit comité », en état d'alerte, travaillait contre lui et Askenazi ne se défendait pas particulièrement, il lui arrivait d'aller dans le cercle de ses amis, il parlait avec ses vieilles connaissances qui, du haut de leur position, le consolaient, en hommes irréprochables s'adressant à un prisonnier en détention préventive, ils lui enjoignaient d'être fort, de garder son calme, les soupçons ne manqueraient pas de disparaître et, avec le temps, la vérité triompherait. Askenazi ne désirait rien d'autre que la vérité. Le soir, après avoir quitté la société des gens riches et célèbres, il se plantait en frac devant le miroir et se regardait. « Tout cela est absurde », pensait-il, « Körösi-Csoma déguisé en lama, par exemple. » Il allumait la lampe quand Élise dormait et contemplait le visage inconnu de la femme endormie, jusqu'à l'aube, avec la même persévérance qu'à son époque étudiante il passait des nuits blanches sur un texte ; il cherchait le message dans ces traits, le sens et la réponse, comme il les avait cherchés dans la complexité des hiéroglyphes orientaux. « Impossible qu'il ne soit question que de cela », songeait-il au cours de ces nuits-là. Il restait calme, obstiné et curieux ; il ne voulait vraiment rien, sinon la vérité. C'est presque avec la même « rigueur » que celle dont il usait au cours de ses recherches qu'il observait Élise et leur relation. Il examinait et comparait chaque vétille car il savait que le moindre fragment du matériau était important, qu'il n'y en avait point d'accessoire ni d'insignifiant. Il ne doutait pas que ce nouveau champ de recherche fût beaucoup plus risqué que l'ancien. Askenazi n'accordait pas grande valeur à « l'expérience » ; son éducation et sa vision des choses l'avaient toujours préservé de chercher la source de l'expérience ailleurs que dans la conscience. « L'expérience ne peut être un but en soi », pensait-il en sortant ses lunettes pour mieux observer Élise endormie, « d'autant moins qu'il n'y a pas de but. Ce qui est divin, ce qui est grandiose dans la création des idées, c'est justement cette absence de but. Mais cela ne vaut que pour le cosmos. Ici sur terre, je suis obligé de me contenter de la géométrie euclidienne et de ses liens logiques, Élise par exemple. » Il estimait peu vraisemblable que lui, Viktor Henrik Askenazi, pût trouver, avec l'aide d'Élise, la réponse qu'il n'avait, en quarante-sept ans, découverte ni dans les livres, ni dans sa conscience, que ni sa mère ni Anna n'avaient pu lui donner, ni les femmes et les hommes qu'il avait rencontrés jusqu'ici – qui souffraient eux-mêmes de façon inhumaine car eux aussi cherchaient la réponse, et souvent avec une telle passion qu'ils en mouraient. Il ne jugeait pas vraisemblable que ce fût « à cause d'une femme » qu'il avait entrepris cette recherche et cette expérience hasardeuse ; la charge superflue dont il s'était débarrassé quand il s'était mis en route n'était pas sans valeur, c'était des personnes qu'il avait jetées, et parmi elles des êtres aussi exceptionnels et nobles qu'Anna. Il était naturel que sur cette route périlleuse, il lui fallût partir seul et sans bagage inutile. « Si on expérimente une matière explosive inconnue, on n'emmène pas les membres de sa famille au laboratoire. » Cela n'aurait eu aucun sens de poser des questions directes à Élise ; comme un médium sans éducation qui se met à parler des langues étrangères lorsqu'il est en transe mais qui est ignorant et peu loquace à l'état éveillé, Élise n'en savait pas plus qu'Askenazi sur « la question » et « la réponse ». Il fallait tout simplement attendre qu'elle atteigne un état hypnotique.

Élise était un bon médium. Elle vivait près de son corps dans une relation intime, une familiarité confiante, et nulle distance artificielle ne la séparait de ses sens. Elle ne connaissait pas la honte et encore moins cette solennité précautionneuse dont les conventions sociales accompagnent l'engagement des corps et l'assimilent à une fête païenne ; les sens d'Élise ne connaissaient pas la différence entre jours de semaine et jours fériés : elle célébrait le corps sans arrêt. Elle bavardait avec ses mains et ses pieds au cours de minuscules et répétitives cérémonies, caressait ses seins en toute amitié et ne considérait pas la nudité comme le costume de l'amour, exclusivement revêtu par les fidèles à l'heure du rite ; elle était nue en permanence et quand elle s'habillait, c'était plus contrainte par les circonstances atmosphériques que par obligation sociale. « Le corps, peut-être », pensait Askenazi avec circonspection. « Peut-être sait-il quelque chose. » Il analysait tout cela avec suspicion. Comme tous les hommes appartenant à une certaine culture, il avait beaucoup souffert, dès sa jeunesse, des règles limitant la satisfaction du corps ; mais il se consolait en se disant « qu'il n'y avait pas de satisfaction absolue », que la satisfaction était un concept surnaturel, tout comme l'infini ; une inconnue « x » que seule la philosophie peut appréhender alors que nous devons nous contenter d'une réalité beaucoup plus modeste. Et à présent, pour la première fois, avec Élise, il formulait avec curiosité la question suivante : « Mais pourquoi n'y a-t-il donc pas de satisfaction ? » et saisi de crainte, il comprenait, ayant enfin trouvé l'indice qu'il cherchait, qu'il fallait commencer par là. Le corps d'Élise répondait de bonne grâce à sa curiosité. Elle aussi était curieuse. Son corps répondait sans aucune retenue à Askenazi, il se plaisait à lui montrer le chemin, éternel professeur et élève à la fois, attentif au moindre signe, ne reculant devant aucun danger, ne connaissant ni l'hésitation ni la peur, pas plus que la fatigue, la pudeur ou le dégoût. Le corps d'Élise vivait « en famille » avec tout corps vivant, y compris celui d'Askenazi ; leurs deux corps s'étaient salués comme des connaissances, dès le premier instant, cet après-midi où la porte de la chambre d'hôtel s'était refermée sur eux ; sans transport de joie excessif, avec l'intimité et la familiarité de membres d'une même famille. Askenazi faisait partie du « cercle » ; c'est sans doute pourquoi il s'était arrêté net dans l'escalier du métro et pourquoi Élise lui avait dit « *Venez* » – cela dit, il était probable que la parentèle de corps extensive d'Élise comprenait des hindous, des Noirs, des Allemands – quiconque apportait dans son corps la réponse à une question en faisait partie. Elle était généreuse et altruiste en amour : il lui était indifférent de savoir combien elle gaspillait, puisque de toute façon « ça restait en famille ». Elle ne fixait pas d'horaire particulier à l'amour, la vie n'était pour elle qu'une seule heure du berger dont il fallait, de temps à autre, pour des raisons extérieures dérangeantes, s'extraire brièvement. Askenazi était persuadé que s'il existait un corps susceptible de lui donner une réponse, c'était bien celui d'Élise. Jusqu'ici, il n'avait pas compris grand-chose à « l'aventure » commencée dans une chambre d'hôtel avec l'inconnue; après des années de manque (ce qui était le lot de tout homme civilisé et qu'il avait trouvé normal), il avait rencontré une femme en compagnie de laquelle il ressentait moins ce manque qu'auparavant, il n'y avait donc pas de raison particulière à ce qu'il tourne le dos à cette rencontre; ça, il était capable de le comprendre ! Il s'écoula des mois avant qu'il ne commence à soupçonner que « l'aventure » n'était ni la chambre d'hôtel ni la satisfaction imparfaite qu'Élise lui offrait – « l'aventure » commençait vraisemblablement au moment où le corps n'apportait pas de réponse à cette question qu'il n'arrivait plus à faire taire ni au lit ni entre les bras d'Élise. Élise était un guide endurant et elle avait emmené Askenazi aux frontières de l'empire des sens, en traversant des précipices et des forêts vierges ; elle ne pouvait aller plus loin, elle se cabrait devant des territoires inconnus et Askenazi restait livré à lui-même.

Ce que le corps pouvait donner, Élise l'avait volontiers offert à Askenazi, naturellement, généreusement, sans attendre aucun remerciement, comme une évidence. Un jour, il se rendit compte qu'il recevait vraiment beaucoup de la part d'Élise ; seulement ce n'était pas suffisant. La réponse du corps était brève, sans ambiguïté, d'un seul tenant, mais Askenazi remarqua avec inquiétude que l'expression de cette réponse était loin d'être parfaite. C'est pourquoi, tout en le regrettant sincèrement, bien que proche du but et ayant beaucoup sacrifié à l'expérimentation, il fut contraint de reconnaître son fiasco ; un jour, il quitta Élise. Un après-midi, il déménagea comme il avait emménagé, avec autant d'« indifférence » qu'en quittant Anna, sans explication ni justification. Il fut surpris de constater qu'Élise endurait ce « divorce » plus difficilement et avec moins de dignité qu'Anna. Elle se comporta en « femme spoliée ». Elle mit en garde Askenazi, lui prédisant qu'il ne serait jamais tranquille, « qu'il ne trouverait le bonheur avec aucune autre femme », qu'un jour il souhaiterait lui revenir mais qu'alors il serait trop tard ; elle accabla l'homme qui s'éloignait d'autres menaces de bonne femme et de sorcière, tout aussi puériles, qu'il écouta avec indulgence, comme si elles émanaient d'un enfant trépignant, en n'accordant aucune importance à ces déclarations. Il vécut un temps seul dans un quartier excentré de la ville; plus tard, il reprit ses recherches abandonnées, il recommença à enseigner, à fréquenter régulièrement ses amis qui l'accueillaient avec des visages pleins d'espoir comme s'il était un grand malade enfin guéri mais qu'il fallait protéger d'une rechute éventuelle. Il ne chercha pas à voir Anna et n'entendit pas parler d'Élise pendant longtemps. Durant des semaines, son « aventure » ne lui vint jamais à l'esprit; une fois il avait aperçu Élise dans une automobile, en compagnie d'un inconnu et, content de la voir, il l'avait saluée avec un élan de sympathie; il s'était sincèrement réjoui, comme on est heureux de rencontrer une aimable connaissance un peu perdue de vue : on a du plaisir à la revoir mais on n'y pense plus ensuite pendant des semaines. Élise lui avait rendu son salut avec componction et une certaine solennité mondaine; Askenazi avait trouvé ce comportement infantile et avait éclaté de rire. Puis il ne l'avait plus revue pendant des mois et elle ne lui venait que très rarement à l'esprit.

*

Quelques mois après la « séparation » – c'est ainsi, sans grande imagination, que le petit comité, le cercle de ses amis et connaissances avait décidé de désigner l'événement, comme si on pouvait tout étiqueter : il y a « le mariage », « l'aventure », « le divorce » et « la séparation » mais nul ne parle de ce qu'il y a entre et derrière ces différents états –, un matin, pendant un cours, Askenazi vécut une expérience inquiétante : il se rendit compte qu'il n'entendait pas le texte qu'il lisait à haute voix. C'était un cours où il expliquait l'histoire de la Grèce ; des étudiants avancés se trouvaient dans la salle ; il était en train de lire Lycurgue, l'histoire de l'inflation de la monnaie de fer à Sparte dans le texte original, quand soudain il se bloqua parce qu'il lui sembla ne plus entendre le son de sa propre voix et ne plus tout à fait comprendre le texte non plus. Il continua à lire, en butant sur les mots, observant du coin de l'œil ses étudiants qui l'écoutaient avec un intérêt mesuré mais avec sérieux et bonne volonté et qui, visiblement, n'avaient rien remarqué d'inhabituel. « Peut-être suis-je devenu sourd », pensa-t-il, effrayé. Mais au même moment, une porte claqua dans le couloir et il entendit clairement ce bruit dénué de signification ; plus tard quelqu'un se moucha dans la salle et, comme en général il était conscient de toute manifestation physique et corporelle de ce genre, il le perçut aussi vivement que jusqu'alors ; en fait, il n'y avait que sa propre voix qu'il n'entendait pas, et le sens du texte familier rendait un écho assourdi, il se souvenait de certains mots mais la langue, cette langue grecque qu'il avait pendant longtemps tenue pour sa deuxième langue maternelle, se déployait telle une langue étrangère sur les pages du livre comme s'il lisait du perse, couramment, certes, mais sans aucun repère… Bredouillant quelques paroles d'excuse, il abrégea la séance, quitta la salle de cours et se hâta de rentrer chez lui.

Il habitait un quartier agrémenté de jardins, en périphérie de la ville, où il louait deux pièces meublées chez l'habitant dans une maison particulière ; Anna y avait fait envoyer une partie de ses livres et quelques-uns de ses meubles. Une fois arrivé chez lui, il s'enferma, ouvrit des livres et se mit à lire à haute voix. Il rechercha de vieux textes bien connus et se rendit compte à son grand étonnement que cette surdité intérieure variait selon les textes ; en lisant Platon, il n'entendait rien ; il s'empara du journal du matin qui traînait sur la table et se mit à déclamer à haute voix l'article de la première page, une étude redondante sur les devoirs culturels de la colonisation française, et ce texte profane et délayé, il le comprit et l'entendit de la première à la dernière ligne. Plus tard, il prit conscience qu'il ne se souvenait plus du visage d'Anna ni de sa voix ; ils se profilaient de façon aussi floue et incompréhensible que les mots de Platon ; il resta allongé des heures dans la chambre obscure à essayer de faire advenir à sa mémoire les traits d'Anna mais l'image devenait floue et restait évasive. Par contre il se souvenait sans effort d'Élise, de tous les détails la concernant, comme s'il la voyait et l'entendait ; il se la rappelait aussi « facilement » qu'il avait compris l'article boursouflé du journal. Tout ce qu'il savait et qui coexistait en lui s'était scindé en deux : il était devenu sourd au texte connu, à Anna, à Platon ; en revanche, il comprenait sans peine l'article médiocre, la superficialité, l'imperfection, il les percevait même avec la connivence et l'immoralité propres aux initiés. Pendant un certain temps, il vécut dans une apathie totale, une immobilité engourdie ; une demi-journée durant, il arpenta la ville comme si un bombardement très fort l'avait rendu sourd et même si, à de rares exceptions près, il n'entendait plus rien, il apprécia le vacarme de la rue, bavarda avec des filles de joie, lut avidement les nouvelles barbares des journaux. La matière des souvenirs se divisa en deux en lui et une partie fut enfouie dans une sourde pénombre ; la seconde l'avait envahi et stridulait autour de lui avec une grossièreté criarde. Par la suite, il consulta un médecin qui haussa les épaules. Ce médecin, un compagnon d'université et un ami de jeunesse, lui parla avec une sincérité étonnante ; Askenazi ne pensait pas sérieusement qu'il allait lui prescrire des potions et lui recommander « du repos » comme pour le reste de « l'humanité souffrante » ; la maladie de chaque être humain correspondait à son niveau d'intelligence et il n'était point d'autre médicament pour les « troubles nerveux » que le contrepoison instinctivement élaboré par le malade lui-même. Qu'Askenazi analyse sa vie : peut-être s'était-il trompé quelque part. Le médecin avait parlé en ami, pas vraiment comme un médecin à un malade mais plutôt comme un homme tristement lié à son semblable par la même misère. Il lui demanda s'il ne voulait pas retourner vivre avec Anna ; la tête baissée, gêné, il écouta Askenazi lui expliquer qu'il n'en voyait pas l'intérêt puisqu'il « ne s'en souvenait plus ».

Ce soir-là, quelques heures après la visite au médecin, Anna fit son apparition chez Askenazi ; le docteur lui avait-il téléphoné ou n'avait-elle pas eu besoin du téléphone ? Toujours est-il qu'elle était arrivée, pénétrant sans hésitation dans la pièce inconnue où Askenazi était allongé dans l'obscurité ; elle trouva immédiatement l'interrupteur du lampadaire et la salle de bains ; elle enleva son chapeau, son manteau et s'assit à côté de lui sur le divan ; elle lui prit la main et lui raconta des choses familières, lui parla de leur petite fille (dont il ne gardait à présent qu'un vague souvenir) et lui apprit qu'elle aussi avait déménagé dans un nouvel appartement.

Tout ce qu'elle lui disait ainsi que sa présence même lui paraissaient gris et diffus ; Anna bougeait et parlait, mais comme dans un film muet, l'air restait nébuleux autour d'elle, il ne distinguait ni les couleurs ni le son de sa voix, ses mouvements semblaient amortis. Il trouvait naturel qu'elle soit là, à cet instant, à ses côtés, alors qu'il devenait sourd ; Anna n'avait jamais cessé d'exister avec lui dans cette autre réalité, la vraie, et aucune séparation artificielle comme la distance et le temps ne pouvait l'empêcher de savoir continuellement ce qu'il advenait de lui. Il ferma les yeux, serra la main d'Anna – mais cette main aussi était *comme une image*, plutôt une vision qu'une partie d'un corps que l'on pouvait toucher –, il ne saisissait que la musique des mots, la signification était brisée et n'arrivait que de très loin. À présent, il voyait Élise avec acuité ; Anna s'était peut-être tue. Élise était assise dans un taxi, la voiture roulait dans une rue pluvieuse, quelque part au bord du fleuve ; Élise était pâle et triste ; elle portait le tailleur gris qu'Askenazi connaissait bien, ses mains gantées de jaune reposaient sur ses cuisses et elle avait posé sa tête sur le coussin du siège ; elle soulevait sa main pour essuyer la vitre embuée, se penchait et regardait au-dehors. Le taxi s'arrêtait quelque part aux alentours de la tour Eiffel, dans une rue inconnue où Askenazi n'était encore jamais allé ; Élise fourrait de l'argent entre les mains du chauffeur, plus que la course n'en valait ou plus qu'il ne l'aurait fallu, un billet de cinquante francs ; Askenazi s'assit sur le divan un instant, fit un effort pour voir le taximètre avant que le chauffeur puisse y toucher et se rendit compte avec colère qu'Élise avait payé le double de la course. « Toujours ces exagérations », pensa-t-il en hochant la tête. Il avait couru après Élise qui était déjà dans l'ascenseur – arrivée au troisième étage, elle avait ouvert sans sonner une porte qui était entrebâillée et qui s'était refermée en claquant. Askenazi avait frappé mais sans obtenir de réponse ; il avait attendu un peu, puis avait descendu les escaliers et fait les cent pas sous la pluie. Un vent froid soufflait. « *Tu vas prendre froid* », et pour la première fois, il entendit clairement et distinctement la voix d'Anna ; elle se leva, ferma la fenêtre, apporta un châle et en couvrit Askenazi.

Le téléphone sonna dans la pièce voisine ; Anna s'y rendit et parla avec quelqu'un. « Comme tout cela est *superflu* », pensa Askenazi, contrarié, « qu'est-ce qu'ils font avec ce téléphone ? C'est *idiot*... » Et il ne dit rien de toute la soirée, obstinément.

Anna vint tous les jours et elle finit par ne plus parler beaucoup non plus ; une fois, elle dit qu'elle savait tout, qu'Askenazi n'avait rien à craindre, qu'il ne devait s'occuper de rien d'autre que de lui-même. Elle ne lui demanda pas de revenir vers elle car cela n'avait pour le moment aucun sens – mais beaucoup plus tard, oui, il ne pouvait guère en être autrement. « Je sais tout de toi », disait Anna, « comme un enfant à l'intérieur de sa mère qui mêle sa respiration à la sienne ; je sais que maintenant tu dois faire très attention à toi. » Un jour, en début de soirée, alors qu'Anna était de bonne humeur et évoquait l'avenir, il se leva brusquement et demanda à haute voix : « Mais que se passera-t-il s'il s'avère que cette chose est *personnelle*... que tout est lié à sa personne, la question comme la réponse ? Qu'en sera-t-il alors ?... » Anna ne dit rien. Elle tourna la lampe en direction d'Askenazi et observa avec une grande attention son visage pâle. « Alors c'est que tu t'es trompé », dit Anna doucement, les yeux baissés, « que Dieu te pardonne. » Elle fit le signe de croix. Askenazi sourit car il n'avait jamais vu jusqu'ici Anna se signer. Anna, troublée, le regarda comme si elle ne le connaissait pas, se leva et alla chercher son chapeau. Il l'entendit encore dire tandis qu'elle s'éloignait : « Alors tu es perdu », puis elle disparut. Elle n'était plus revenue. Askenazi l'avait attendue un certain temps mais seulement comme on attend une lettre ; quant à Élise, il ne la vit que deux fois, au hasard de ses pérégrinations, toujours devant cette maison étrangère, alors qu'elle y entrait ou en sortait ; il n'en avait jamais franchi le seuil. Un jour il avait recherché cette rue, cette maison ; il les avait retrouvées ; mais à la porte, il avait pris peur, avait fait demi-tour et il était rentré chez lui. Encore longtemps, il n'osa pas croire que, à cause d'un accident dû au hasard, imprévisible, la « question » et la « réponse » étaient détenues par la même personne qu'il « n'aimait d'ailleurs pas particulièrement » (comme il avait l'habitude de dire), une question imprécise et une réponse mal formulée, mais dont il devait à présent se contenter. Et lorsque ses amis lui avaient conseillé de prendre « du repos » et de passer dans ce but « quelques semaines dans un tout petit endroit », il était parti sans protester. Il espérait encore qu'en cours de route « quelque chose allait s'arranger » – son erreur lui semblait aussi ridicule qu'un accident de voiture, il y voyait un coup du destin, minable mais fatal, et cela l'indignait. « Comme si quelqu'un entreprenait une expédition avec une caravane, des armes et des chameaux pour arriver dans la rue voisine », pensait-il. À la gare, quand le train s'était mis en marche, il avait regardé par la fenêtre et cherché Anna parmi la foule, inquiet, curieux. Mais il ne vit personne qu'il connaissait. Il commença à comprendre que personne ne pouvait plus lui venir en aide, qu'on l'avait abandonné à son destin et qu'il était seul.

*

« Ridicule », répéta-t-il moins fort lorsque l'intensité de sa première crise douloureuse se calma. Ses hoquets se raréfièrent et il appliqua sa main sur sa bouche. Plus tard, il regarda l'heure : il n'était resté allongé que quelques minutes. Il avait mal aux yeux, peut-être à cause de la chaleur, et il se frotta précautionneusement les paupières avec ses paumes. Il entendait le bruit sourd des balles sur le court de tennis et les rires des joueurs. « Il y a encore beaucoup de choses que j'aurais aimé voir », pensa-t-il avec lassitude. « La Chine. J'ai toujours voulu y aller. Les Indes aussi, mais je m'en serais plus facilement passé. » Les choses à voir auxquelles il avait renoncé, les obligations remises au lendemain tourbillonnaient devant ses yeux comme s'il feuilletait un calendrier. « Quel dommage ». Il hocha la tête. « À cause d'une femme. » Il se sentit accablé de honte. « J'ai déjà vécu cette sensation », pensa-t-il plus tard, et le souvenir lui revint avec une précision douloureuse, « je suis allongé dans une pièce obscure et fraîche, seul, derrière des volets fermés, et dehors dans le jardin des inconnus jouent au tennis, c'est l'heure où on arrose les plates-bandes de fleurs et cette odeur tendre de serre embuée flotte dans l'atmosphère, j'entends claquer les cordes des raquettes et une femme énoncer les scores en anglais d'une voix rauque. » Il tendit l'oreille et fut heureux d'entendre la voix rauque d'une femme à l'extérieur. « J'ai déjà accompli beaucoup de choses », pensa-t-il avec contentement. « Presque toute mon existence. En réalité, je n'ai presque plus rien à faire... » Il songea avec une satisfaction tranquille que dans l'ensemble il avait terminé son travail, accompli presque toutes ses obligations, vécu dans un premier temps selon les exigences de ses semblables et des circonstances, puis différemment par la suite, sondé les possibilités du corps – à présent il n'avait plus rien d'autre à faire qu'à découvrir pourquoi il avait souffert aussi ignominieusement toute sa vie, à trouver quel but poursuivait « l'idée » concernant sa créature, au vu des souffrances abjectes qu'elle lui avait déjà infligées et qui semblaient ne jamais vouloir finir, et, de manière générale, à comprendre pourquoi la satisfaction n'existait pas. Il lui fallait encore obtenir une réponse sur ce point précis. Il considérait comme humiliant d'avoir échoué aussi ridiculement et d'être réduit à l'avenir à errer de par le monde, à chercher la réponse auprès d'autres femmes, à éplucher des livres ou à interroger des hommes en quête de réponses dérisoires. « Je n'irai pas loin avec cette méthode », pensa-t-il avec mauvaise humeur.

« Peut-être aurais-je dû interroger Élise avec plus de patience, plus d'intensité, ou peut-être aurais-je dû lui faire peur ? » Il réfléchit. « Ou même la tuer. » Cette possibilité le surprit. Il se demanda s'il était « moral » ou « immoral » pour un homme de tuer la femme à laquelle il est lié et dont il ne peut à aucun prix se libérer. Il soupçonnait vaguement qu'il ne s'agissait pas de morale mais de circonstances et de rapport de force. « Une femme peut-elle fournir la réponse ou pas ? » pensa-t-il avec obstination. « S'il n'y a pas satisfaction, il faut qu'elle lâche prise. » Il songea avec plaisir et soulagement qu'Anna, ayant tiré les conclusions de son impuissance, avait effectivement lâché prise à la dernière minute et qu'il n'avait plus à se soucier d'elle. Élise avait fui ses responsabilités. Askenazi la considérait maintenant comme un escroc déloyal jouissant des fruits de son infidélité en sécurité au-delà des mers. « La police ne peut pas faire grand-chose dans ce cas. » Mais puisqu'il n'était pas question de « bonheur », qu'est-ce que tout cela pouvait lui faire ? Quelle était sa responsabilité ? Il avait vécu selon les conventions, il avait grandi, pris soin de sa santé, n'avait pas convoité les biens d'autrui, et à sa manière il avait tenté de faire le point. Il avait le sentiment d'avoir échoué mais en même temps il avait recouvré la liberté d'agir ; les cinq ou dix mille années que les êtres humains ont vécues en acceptant les accords consensuels n'avaient pas produit le résultat espéré et si lui, Askenazi, ne voulait pas mourir aussi bêtement, aussi absurdement, sinon plus, qu'un cochon saigné par le boucher, il se voyait contraint de vivre en toute indépendance, sans égard pour ces compromis. Il comprenait à quel point devenir « un héros », mourir « pour une cause » constituaient de formidables prétextes… Il réfléchit. « Mais bien entendu, jamais à cause d'une femme, jamais pour quelqu'un. Non. Pour une cause, oui… » Il se frotta le front.

Il avait oublié de demander quelque chose à Élise. Il aurait peut-être fallu la marteler comme une porte. Ou peut-être l'ouvrir, la dépecer. La question, la curieuse soif de la question, ne s'était pas étanchée. « Mais si le chemin passe par le corps », pensa-t-il avec réprobation, « alors pourquoi toutes ces entraves ? L'argent ? Cette réglementation des "services", cet arsenal de prescriptions et, pire que tout : *le corps lui-même, pourquoi se dérobe-t-il* ? » Car même si le corps connaissait la réponse, à la dernière minute il se taisait, il esquivait. La jouissance n'était que la voix d'un seul instrument, pas le chant entier. Le corps protège le secret jalousement, habilement, il incite à d'autres expériences, il ne vit que parce que l'autre corps s'en va, assoiffé et contraint de revenir. « Comptes d'épicier », pensa-t-il avec mépris. « Commerce, marchandages. » Le corps ne donnait jamais de vraie réponse, il retenait et taisait toujours quelque chose. En offrant la jouissance en avant-goût, rafraîchissement modeste et peu coûteux dont il était impossible de se contenter, le corps ne faisait qu'exciter celui qui désirait l'oubli total, l'ivresse infinie – en fait, la plénitude absolue, seule chose dont il pouvait être question, et qu'il croyait lui avoir été promise autrefois. « Ce sera très difficile », pensa-t-il, rêveur, comme un professionnel mesurant les difficultés d'un futur travail. « Aller frapper à des portes inconnues… comme c'est écœurant. » Cette expression l'étonna. « *Aller frapper à des portes...* », songea-t-il de nouveau. Il ne se souvenait pas avoir de sa vie utilisé une telle expression. Comme s'il obéissait à un signal, il se redressa péniblement. Il s'avança jusqu'à la fenêtre : le paysage baignait dans une vapeur grise, il ne percevait de l'île qu'une silhouette vague, sans aucune forme définie. « Maintenant qu'Élise est partie, en réalité je peux poser la question à n'importe qui. Au concierge. À la femme blonde qui s'est retournée dans l'escalier. La femme du quarante-deux. *Zwoundvierzig.* » Il entendait la voix de la femme. « Le numéro de sa chambre est *zwoundvierzig, on y va, on frappe à la porte. La porte inconnue.* » Il ricana. Il prit garde à ce que le ricanement ne quitte pas sa bouche, se planta devant le miroir et observa attentivement ce rictus. Il jouait souvent à cela quand il était enfant. Il regardait sa bouche grimaçante avec sérieux et sévérité. Il alluma un cigare mais son goût lui déplut ; il le posa, allumé, sur le cendrier et l'oublia là. Il crut entendre un déclic. « *Comme la fermeture d'un bracelet.* » Il tendit l'oreille. Un bracelet, cercle régulier. Un cercle qui se ferme ; ça pourrait être aussi des menottes. Mais est-ce que des menottes ont un « déclic » ?... Il n'en savait rien, il n'avait jamais vu de menottes de près. Il avança jusqu'à la table, s'assit, craignant que ne s'évanouissent soudain ces quelques signaux légers, inconsistants. « Ce ne sont que des mots », pensa-t-il et immédiatement, ironique : « *Seulement* des mots ? Qu'y a-t-il d'autre ? *Rien que* des mots ?... » Il tendit l'oreille aux signes infimes, s'efforça de n'oublier aucun d'entre eux. « *Aller frapper à des portes, une porte inconnue*, zwoundvierzig, *déclic, bracelet, cercle qui se ferme. Peut-être des menottes.* » Il entreprit de s'habiller avec lenteur. « Cela n'engage encore à rien d'aller frapper à cette porte inconnue », pensait-il en revêtant sa chemise avec des gestes précautionneux, « Veuillez m'excuser, Madame. *Gnädigste*[1]. Mon nom est Askenazi. Veuillez me pardonner au cas où je me serais trompé. » Il se mit à siffloter sans bruit. « C'est ainsi qu'on se prépare à une aventure, traderidera », chantonnait-il. « Une bonne petite aventure sans lendemain. Dans un hôtel au bord de la mer. En réalité j'ai toujours désiré quelque chose de ce genre. Ça suffit maintenant, les choses compliquées. J'ai quarante-huit ans. En villégiature dans un petit endroit, à l'hôtel, une femme monte l'escalier, se retourne... J'ai toujours souhaité que cela m'arrive. Cela n'a aucune signification. Un plaisant souvenir d'été. » Il se frotta les mains en signe d'allégresse, délaissa la cravate qu'il avait portée le matin et en chercha une nouvelle parmi celles qu'il avait achetées avec Élise. Il prit grand soin à la nouer, se recula et fut satisfait de l'image projetée dans le miroir. « On peut s'autoriser un instant de repos, une fois, non ? Je l'ai vraiment mérité. » Il rangea consciencieusement son passeport et son portefeuille dans ses poches. « Il faut faire attention », pensa-t-il sagement, « avec les femmes inconnues. Parmi elles, il peut se trouver des aventurières. » Il

1. Très honorable dame (en hongrois et en allemand).

sursauta. « Sans doute faut-il une aventurière pour une aventure. Et un aventurier. » À présent, il percevait à nouveau le cercle avec netteté, tout était en place, le couloir de l'hôtel, la porte inconnue à laquelle frappe celui qui cherche l'aventure. Les policiers arrêtent l'aventurier et lui mettent les menottes. Les mots s'accrochaient les uns aux autres, se fondaient les uns dans les autres, ce n'était pas la peine de les arranger – vraisemblablement, ils étaient prêts depuis longtemps pour l'instant où ils apparaîtraient, comme les images dans un rêve qui se rassemblent d'un seul coup, prennent sens et donnent naissance à des phrases et à d'autres images. « Mais quel est donc ce sens ? » Il s'arrêta à la porte, son chapeau et ses gants à la main.

« Que signifient les images ? Avant tout, le rêve lui-même où elles apparaissent. L'autre territoire qu'ils peuplent. La signification des mots n'est pas seulement dans leur sens propre mais aussi dans le territoire qu'ils illuminent. *On avance dans l'obscurité, seuls quelques mots nous éclairent*... », et il se mit lentement en route. Il descendit les escaliers, sifflant tout bas. « *Devant la porte inconnue*... » Il s'arrêta. Il tendit l'oreille, n'entendit rien, regarda autour de lui, il était seul. « ... *il frappe doucement*... » Il frappa. Aux aguets, le haut du corps un peu penché, il regardait devant lui avec un sourire un peu faux, « *il appuie sur la poignée*... » Il appuya sur la poignée. « ... *un déclic*... » La serrure eut un déclic. « ... *le cercle se referme*... » Il pénétra dans la chambre et ferma la porte derrière lui.

Menteur

Plus tard, le concierge affirma, sûr de lui, qu'il était cinq heures passées quand Askenazi avait quitté l'hôtel. Il soutint résolument que le monsieur étranger lui avait « adressé la parole » : ils avaient conversé un bref moment, le monsieur allait partir et s'apprêtait à descendre en ville chercher son billet de wagon-lit à l'agence de voyages. Askenazi quant à lui ne se souvenait absolument pas de cette conversation. Le fabricant de porcelaine qui jouait aux cartes cet après-midi-là sur la terrasse assurait avoir rencontré l'étranger beaucoup plus tard, après le coucher du soleil, à l'entrée de l'hôtel, et il avait été alerté par « son comportement singulier et anxieux ». Depuis longtemps il n'avait vu quelqu'un se comporter avec autant de nervosité ; c'est précisément pour cette raison qu'il avait minutieusement observé et suivi des yeux – il hocha la tête – l'étranger qui portait un grand bagage à la main, se hâtait vers la ville « comme s'il se sauvait ». Askenazi expliqua pourtant qu'il n'était resté que peu de temps dans la chambre quarante-deux, peut-être une dizaine de minutes, qu'il était ensuite remonté à l'étage, avait fait un tour dans sa chambre quelques instants, avait ensuite quitté l'hôtel peu avant quatre heures, n'avait pas vu le concierge en partant et s'était éloigné les mains vides, sans aucun bagage. Il ne comprenait pas toutes ces questions superflues, il ne comprenait pas pourquoi on le pressait de « tout avouer », pourquoi ils voulaient le détail de chaque minute alors qu'il avait déjà dit l'essentiel; à chaque fois qu'il parlait ainsi, ils le rabrouaient. Les gendarmes locaux qui avaient conduit la première enquête n'avaient pas fait grand cas de ses aveux, ils souhaitaient à tout prix se faire remarquer, ils en avaient si peu l'occasion, donc ils relevaient dans leurs carnets la moindre broutille et, bien entendu, avaient tendance à croire n'importe qui plutôt qu'Askenazi. Chaque témoin faisait l'important, jacassait, connaissait les détails mieux que les autres, et plus tard, en constatant cette agitation stérile, Askenazi en fut fâché et se tut obstinément. « Je vous en prie, pensa-t-il, si vous en savez tous davantage… » Et il prit la mouche. Ce qui affaiblissait la crédibilité de ses aveux était le fait qu'il « avait fui la scène du crime » – c'est de cette façon solennelle que s'était exprimé l'officier de gendarmerie qui menait l'enquête –, il fallait lui asséner la vérité, on l'avait attrapé alors qu'il était « en fuite » et c'est avec ce fatras de détails inexacts et superflus qu'ils noircissaient leurs carnets, de telle sorte qu'Askenazi s'était finalement complètement découragé, ne répondant plus que par monosyllabes pour finir par se taire totalement. Dans le calepin figurait aussi le bagage que, selon le fabricant de porcelaine, Askenazi portait – personne n'avait découvert, ni alors ni plus tard, ce qu'il avait pu y transporter, dans cette valise, ni où il l'avait dissimulée – ils avaient cru les assertions du concierge qui jurait avoir encore parlé à Askenazi vers cinq heures et remarqué à quel point ce dernier « était calme, presque de bonne humeur ». (Les gendarmes avaient interprété ce calme et cette bonne humeur comme le signe d'une cruauté et d'une perversité extrêmes.) Quant au fabricant de porcelaine, il avait exprimé une autre opinion : lui avait plutôt observé la façon « singulière et anxieuse » dont Askenazi s'était conduit. En fait, les policiers avaient relevé les témoignages de tous ceux qui s'étaient présentés et « s'étaient rendu compte de quelque chose » – il apparut soudain, de façon surprenante, qu'Askenazi faisait partie des personnes les plus en vue de la ville, quelques douzaines de témoins l'avaient aperçu l'après-midi en question et, mieux encore, « lui avaient parlé », incroyable, brusquement tout le monde le connaissait, il avait été remarqué quasi simultanément à plusieurs endroits de la ville éloignés les uns des autres et, pour ainsi dire, toutes les dix minutes à un endroit différent. (Plus tard, Askenazi s'était fait la réflexion que s'il avait vraiment rencontré tous ceux qui l'avaient soi-disant vu cet après-midi-là, il aurait dû traverser la ville dans tous les sens, tout l'après-midi, en fonçant à toute allure en bicyclette.) La femme de chambre avait ouvert la porte de la chambre quarante-deux vers sept heures du soir et la gendarmerie avait commencé à interroger le personnel après la tombée de la nuit, vers huit heures. Vers neuf heures, une fois le dîner servi, quelqu'un avait prononcé, timidement et comme en passant, le nom d'Askenazi. Aucun des convives ne se souvenait de l'avoir vu ni connu – mais dès que le concierge, en balbutiant, se fut hasardé à notifier à l'officier de gendarmerie que Viktor Henrik Askenazi, occupant une chambre au deuxième étage, était le seul à ne pas être rentré pour le dîner, les résidents de l'hôtel se mirent à psalmodier ce nom en un chœur fiévreux et unanime, avec une telle conviction qu'on ne comprenait pas comment il ne leur était pas venu à l'esprit plus tôt alors que c'était clair comme de l'eau de roche : le « coupable » ne pouvait être que ce monsieur à lunettes d'une pâleur maladive qui s'était fait remarquer depuis longtemps par « son comportement louche ». Le pasteur protestant témoignait d'un zèle particulier, lui qui avait détecté cet après-midi en Askenazi un homme « au caractère antipathique et méchant » – un homme qui « n'avait pas répondu » à sa remarque aimable « parce qu'il avait quelque chose d'autre en tête ». Les gendarmes avaient scrupuleusement noté pour l'éternité cette opinion dans leur carnet, comme toutes les autres du même genre ; ils considéraient l'observation de l'homme d'Église comme particulièrement importante car elle leur faisait comprendre avec certitude qu'Askenazi « avait prémédité son acte puisqu'il y pensait déjà en début d'après-midi ».

Lui-même fit un compte-rendu beaucoup plus simple des événements. Il avait dû rester entre huit et dix minutes dans la chambre quarante-deux – voilà ce qu'il avait dit –, il ne savait pas au juste mais il était peu probable qu'il y eût séjourné plus longtemps. « Je n'avais plus rien à y faire » fut son propre aveu énoncé avec « une cynique cruauté », et par ailleurs les événements s'étaient produits beaucoup plus rapidement qu'on ne pouvait l'imaginer. Il était ensuite retourné dans sa chambre à l'étage supérieur pour y chercher son maillot de bain ; à la question de savoir pourquoi le maillot de bain, il avait répondu à la surprise générale qu'il voulait aller à la piscine car « il avait insupportablement chaud ». Plus tard, cette déclaration fut jugée sévèrement, on l'inscrivit comme « circonstance accablante et aggravante » et on y lut également la certitude de la préméditation ; le juge d'instruction était d'avis que celui qui, après son forfait, était capable de retourner chercher son maillot de bain avec une froide tranquillité et de se mettre en route vers la piscine était un criminel dépravé et dénué de tout sentiment humain, comme s'il était convenable « dans un moment pareil » d'aller se baigner et plus généralement de rechercher la compagnie des autres hommes. On interpréta donc particulièrement mal le fait qu'il avait, « avant de fuir », pris le temps d'aller chercher ce maillot dans sa chambre ; et en effet, Askenazi s'en était défendu avec embarras comme s'il avait commis quelque sacrilège et, plus tard, il avait même eu le sentiment qu'il eût été plus convenable de revêtir, plutôt qu'un maillot de bain, un costume sombre. Mais ses juges n'avaient jamais compris ni même jamais cru que pendant ces heures-là, il n'avait nullement eu l'intention de « fuir », ni éprouvé la moindre culpabilité alors ni plus tard, mais qu'il avait plutôt été envahi de bonne humeur et d'un sentiment de soulagement comme quelqu'un qui aurait enfin réussi une difficile entreprise ; il n'en était pas particulièrement fier mais plutôt satisfait et en aucun cas il n'avait ressenti le besoin de se sauver. Finalement il n'avait pas emporté son maillot avec lui – il n'avait absolument rien pris dans sa chambre et le fabricant de porcelaine avait probablement eu un mirage en croyant le voir partir avec un bagage – la simple raison pour laquelle il n'avait pas pris son caleçon en tricot, c'est qu'il n'était pas encore sec. Il avait renoncé à son projet de baignade et, au lieu de cela, il s'était lavé les mains dans le lavabo et rafraîchi le visage avec l'eau fade et tiède. Il avait regardé autour de lui dans la pièce et, l'espace d'un instant, s'était dit qu'il devrait peut-être faire ses valises car plus tard il n'aurait plus le temps ; le cigare qu'il avait oublié dans le cendrier en quittant la pièce un peu plus tôt fumait encore, consumé seulement au quart ; Askenazi avait mentionné ce détail plusieurs fois dans son témoignage pour certifier qu'il n'avait passé que quelques instants dans la chambre quarante-deux. Il s'était dirigé vers ses affaires mais il lui était immédiatement apparu que de toute façon on les lui enlèverait plus tard et que cela ne valait pas la peine de s'en inquiéter ; cette constatation lui fit plaisir comme si on l'avait libéré d'une obligation pénible, car jamais il n'avait aimé faire ses bagages. Il chercha un mouchoir propre qu'il imbiba d'eau de Cologne et, sans échanger une seule parole avec le concierge, il s'éloigna de l'hôtel. Il s'était dirigé tout droit vers la ville, sur la route poussiéreuse totalement déserte et vide en ce début d'après-midi, et n'avait rencontré personne de connaissance entre l'hôtel et la porte située à l'ouest de la ville.

Il s'était écoulé à peine un quart d'heure entre le moment où il avait franchi le seuil de la chambre quarante-deux et celui où il s'était retrouvé sur la place principale de la ville, devant la porte de l'ancien palais du gouverneur, quelques minutes avant quatre heures. Il avait mal à la tête. « Qu'est-ce qu'on prend dans ce cas-là ? » se demanda-t-il. En définitive, il ne trouva rien de mieux « dans ce cas-là » que d'avoir recours à un cachet d'aspirine. Cette violente migraine l'avait surpris en chemin, sans doute n'était-elle que la conséquence de l'intense chaleur, et cela le contraria, comme quelqu'un qui jouit enfin d'un moment de bonheur dont il ne peut même pas profiter pleinement. Il était entré dans la pharmacie face au palais (« avec un calme révoltant », selon le témoignage du pharmacien), il avait demandé de l'aspirine et un verre d'eau, pris le cachet et « s'était éloigné après un salut poli ». (À l'audience principale, le pharmacien avait souligné avec insistance « le salut courtois » comme une manifestation psychologique tout à fait singulière et inhabituelle, quasi inexplicable, et il aurait sans doute trouvé plus compréhensible qu'Askenazi, au lieu de le saluer poliment, lance des couteaux, crache le feu et brise les vitres de la pharmacie.) Le pharmacien, naturellement, avait suivi des yeux cet étrange client et noté « la lenteur remarquable » avec laquelle il avait traversé la place. En effet, Askenazi se déplaçait lentement à cause de sa migraine, il attendait que le médicament fasse effet et il n'avait ni raison ni désir de courir dans tous les sens, ce qui aurait été sans doute perçu bizarrement ; lors de la première audition, il s'était résigné à ce que tout ce qu'il avait dit et fait cet après-midi soit catalogué comme « singulier » et « remarquable » ; y compris le fait d'acheter de l'aspirine et de marcher lentement. Naturellement, les témoins de ces actions-là aussi en « avaient une vision précise » et savaient tout mieux que lui ; c'était ainsi et il devait s'y résoudre.

Il s'était donc promené à pas exceptionnellement lents le long d'une des petites ruelles reliant la place principale à l'église dominicaine, il avait apprécié la fraîcheur des murs en blocs de pierre épais qui résistaient à l'ardeur du soleil, il s'était arrêté devant la vitrine d'une mercerie et avait longuement contemplé les jarretières et les boîtes remplies de boutons de corne et de métal en se réjouissant d'avoir l'occasion de voir une telle devanture car jamais auparavant il n'en avait vu de semblable. De façon générale, il distinguait chaque objet, chaque couleur et chaque trait avec une acuité particulière. Comme s'il était resté longtemps dans une demi-obscurité, et que brusquement, quelqu'un avait allumé une lampe invisible quelque part : il apercevait des choses dont il ne s'était jamais rendu compte auparavant et la simple vision d'objets banals du quotidien lui paraissait remarquable – une boîte à lettres, une plaque de rue, une bobine de fil dans la vitrine de la mercerie, une peau de banane abandonnée sur la chaussée, quelques fleurs dans un verre d'eau à la fenêtre d'une maison…

Il enleva ses lunettes et même si le monde autour de lui prenait une nuance plus grise et si les contours des choses s'estompaient, les couleurs qu'il apercevait étaient plus violentes et les lignes plus dessinées qu'elles ne l'avaient jamais été auparavant, grandies par les verres correcteurs. Cette lumière crue, brutale, dans laquelle tout ce qu'il voyait était ravivé, où le moindre détail apparaissait avec des contours définis, lui faisait un peu mal aux yeux ; il regarda prudemment autour de lui en clignant des paupières. Le monde se présentait à lui avec des teintes incontestablement plus claires et plus lumineuses qu'« auparavant ». Illusion d'optique, pensa-t-il. Mais même les murs décrépits des maisons séculaires, le ciel et la rue, les vitres et les poignées des portes, tout lui apparaissait avec l'attrait magique de la nouveauté, lui semblait éternel et resplendissait d'un vernis de fête, comme s'il avait été procédé récemment à un grand ménage. Il en resta interdit, comme si c'était la première fois qu'il voyait les véritables lignes de la vie, comme si jusqu'ici un genre particulier de myopie que même ses lunettes n'avaient pu corriger l'avait empêché de prendre véritablement conscience des choses, de leur totalité et de leur univers, comme s'il était soudain guéri d'une mystérieuse maladie oculaire dont il ne s'était même pas aperçu jusque-là et qui aurait posé une ombre sur tout ce qui se trouvait autour de lui pendant quarante-huit années – et sur quoi il jetait maintenant un regard avide et curieux. « Mais comme le monde est *beau* », pensa-t-il au bout de quelques instants d'observation attentive, en exultant de sa découverte avec une admiration juvénile. « Si somptueux ! Tant de couleurs, tant de traits et d'angles merveilleux… ils n'ont pas réussi à l'user malgré tout !… Comme tout cela est magnifique ! » Au sentiment de bonheur, au calme, à la satisfaction et à l'apaisement, à cette sensation agréable et engourdissante qui ne l'avaient pas quitté depuis qu'il était sorti de la chambre quarante-deux s'ajoutait à présent l'enchantement, ce degré supérieur de la volupté et des sens. Il tournait lentement la tête comme s'il n'arrivait pas à se rassasier de tant de surprises, comme s'il craignait, en embrassant un territoire trop vaste, que son avidité à jouir de ces nouvelles excitations l'empêche d'assimiler le nombre infini, la multitude compacte de ces impressions immédiates et exceptionnelles. Il sentit monter en lui un vertige, tant ce qu'il contemplait envahissait ses yeux avec force et ampleur ; il se réfugia dans les détails et, n'osant pour l'instant porter son regard vers le ciel ou l'extrémité de la rue, il se contenta d'observer un caniveau, une table à un café, un visage humain : les territoires éclairés par son regard lui apparurent alors comme un univers inconnu avec ses créatures vivantes aux contours régulièrement tracés, émergeant soudain du cercle flou, vide et incolore d'un microscope, un univers où s'animait la vie organique jusque-là invisible, dissimulée dans une goutte d'eau, où l'on voyait une flore et une faune auparavant imperceptibles, où évoluait une vie aux formes multiples, constamment en train de changer et de se reproduire alors qu'on n'y avait perçu qu'une matière première apathique et terne. Il ressentait de l'allégresse à revoir autrement le monde dans lequel il avait vécu, qu'il avait considéré jusqu'ici comme usé, sale, élimé et auquel il n'avait jamais prêté attention ; en même temps, il se souvenait de l'avoir vu ainsi, il y avait fort longtemps, dans sa fraîcheur paradisiaque, peut-être pendant sa prime enfance, lorsqu'il s'asseyait dans son berceau et regardait la lampe au-dessus de lui ou une main qui s'agitait devant son nez…

À présent, il lui semblait que même les gens dans la rue marchaient moins vite vers lui, que ce n'était plus seulement les objets et les éléments qu'il percevait de façon plus aiguë, avec des couleurs authentiques, mais qu'il sentait aussi le rythme de leurs mouvements tout à fait différemment désormais. Cela lui produisait le même effet que le ralenti au cinéma : une main bougeait très lentement, un chapeau nageait dans l'air, chaque mouvement, chaque rythme se décomposait, les voix se brisaient en demi et quarts de sons. « Quelle sensation nouvelle », pensa-t-il, « je vois et j'entends comme jadis. » Il s'arrêta, ferma les paupières, le bonheur d'appréhender encore une fois le monde, de l'entendre et le comprendre comme s'il venait de naître au milieu de toutes ces visions merveilleuses, était trop grand, beaucoup trop, presque insupportable. « Je me suis tellement ennuyé ! » songea-t-il avec un remords triste. « J'étais assis dans l'obscurité et je m'ennuyais. Comme tout cela est magnifique... » Il s'appuya contre un mur et leva soudain les yeux au ciel, frémissant de curiosité, tremblant à l'avance de la foudroyante beauté d'une vision dont il se languissait depuis longtemps et qui allait enfin lui être offerte. « À quoi ressemble le ciel ?... », pensa-t-il en le regardant, « je ne me souviens même plus de sa couleur... » Le ciel était dilué, ni bleu, ni blanc, et Askenazi le fixait avec des yeux ronds, comme s'il en avait enfin le droit, et assoiffé, impuissant, il observait l'étendue profonde et incolore au-dessus de sa tête. « Jusqu'ici, je lisais », pensa-t-il, honteux, contrarié, « jamais je ne levais les yeux au ciel, je lisais les journaux, les dictionnaires et les revues... » Il hocha la tête. À présent, il ne s'ennuierait plus un seul instant, les jours qui lui restaient à vivre seraient remplis de choses à voir, il lui serait sans doute impossible d'embrasser l'immense matériau dont il disposait maintenant... Il avançait lentement, à chaque instant il était arrêté par la foule de choses à contempler. « Auparavant, il n'y a que dans les musées que je réussissais à percevoir les objets de cette façon », pensa-t-il. Un rat surgit de derrière le caniveau et disparut tout aussi rapidement par la fente d'un soupirail. Askenazi n'avait jamais vu de rat d'aussi près et manifesta sa joie par un cri. Il savait à présent qu'il aurait encore beaucoup à faire, il lui faudrait tenir compte du monde dont il ne connaissait pas la réalité, sauf par ouï-dire, tel un aveugle à qui l'on décrit les couleurs et les formes invisibles pour lui. Cette réalité était beaucoup plus simple, plus foisonnante et plus riche qu'il ne l'avait imaginé dans l'obscurité. Il arriva au marché étourdi et titubant.

Il déambulait entre fruits, poissons et dépouilles d'animaux. Certaines odeurs inconnues le retenaient de temps à autre et il furetait, le nez au vent entre les éventaires, jusqu'à ce qu'il découvre leur origine, quelque légume ou viande qu'il n'avait jamais vus jusque-là. « On sert le repas, on change les assiettes », songea-t-il – « Je me suis contenté de cette vie-là mais dorénavant ce ne sera plus si simple. » Il se pencha au-dessus des poissons de mer et, sans se soucier des sollicitations des marchands, il contempla longuement les yeux grands ouverts et glauques d'une raie qui, même morts, reflétaient la luminosité du ciel et le visage d'Askenazi. « Comme c'est aimable à elle », pensa-t-il presque avec sensiblerie, « elle garde un instant ma figure dans ses minuscules miroirs morts…

c'est vraiment gentil de sa part. » Il éprouva le sentiment de n'être plus tout à fait seul, les raies mortes lui faisaient signe quand il se penchait au-dessus d'elles, des plantes l'invitaient de leurs senteurs, il était entouré de la magie du familier.

« J'étais déjà terriblement loin », pensa-t-il avec inquiétude. « Il était grand temps, vraiment... » À l'extrémité du marché, dans quelques échoppes, on vendait des roses, du jasmin et de grandes branches de mimosa frais. « Il faut être prudent », pensa-t-il, comme quelqu'un qui ne connaît pas ces substances narcotiques extraordinaires et n'en mesure pas encore les effets et qui, s'il n'y prête pas attention, en sera vite intoxiqué ; quelques gorgées de ces parfums pénétrants suffiraient pour qu'il se mette à tituber et à chanter. Élise lui vint à l'esprit, qui était capable de s'étourdir en quelques minutes, qui exultait et jubilait avec tous les signes de l'ébriété avant même de goûter la boisson qu'on venait de lui offrir. « L'ivresse est plus une aptitude qu'une conséquence... c'est un talent comme celui de chanter », songea-t-il gravement, comme s'il venait de percer à jour un mystère. « Un jour, sur le tard, on prend conscience qu'on a une voix et on commence à chanter merveilleusement... Un jour, pareillement, on s'aperçoit qu'on est doué pour l'ivresse... » Il fit attentivement le tour des vases de fleurs, mais seulement de loin et avec prudence, ne sachant pas encore ce qu'il était à même de supporter et comment allaient agir sur lui ces stimulations très puissantes. Il acheta une poire charnue et jaune comme du beurre et là, au milieu du marché, mordit dedans ; le jus du fruit dégoulina sur la commissure de ses lèvres et salit son costume, il aspira lentement la chair parfumée et goûteuse et ressentit un émerveillement physique qu'il n'avait jamais connu auparavant. « Tant de bonheur d'un seul coup… », pensa-t-il avec gratitude. Il jeta le trognon de la poire, nettoya de sa paume son visage mouillé par le jus du fruit et répondit en riant au regard étonné et inquisiteur du vendeur qui ne comprenait pas tout à fait ce qui se passait, pour quelle raison une poire avait mis ce monsieur distingué de si bonne humeur et pourquoi il l'avait dévorée en plein milieu du marché. Askenazi attrapa toute la monnaie qu'il trouva dans sa poche et la tendit au marchand hésitant qui fit un geste indécis vers l'argent en contemplant la somme inhabituelle… « Excellente poire », répéta Askenazi plusieurs fois avec enthousiasme et parlant fort, jusqu'à ce que le marchand comprenne enfin, esquisse un sourire et empoche l'argent. « Il croit que je suis ivre », pensa Askenazi, satisfait, « que je me suis soûlé en plein jour et que je jette mon argent sur la place publique… » Il avança d'un pas incertain. Beaucoup de gens le regardaient. « Il faut que je fasse attention, je n'ai pas l'habitude et tout cela me monte très vite à la tête. » Il s'étira et, parce qu'il remarqua des regards curieux, pas vraiment hostiles mais fermés et incompréhensifs, il continua à marcher d'un air grave, à pas volontairement lents, penchant la tête pour dissimuler son sourire aux passants.

La ville s'animait peu à peu à cette heure tardive. La température s'était brusquement rafraîchie, comme si une sorte de vapeur, de brume tiède, était tombée ; Askenazi sentit une sueur froide goutter sur ses mains et son front. Les volets s'ouvraient les uns après les autres aux étages des maisons et les commerçants relevaient leurs stores. Des promeneurs firent leur apparition sur la place principale, des couples se hâtaient vers la porte située côté est, de la terrasse du café parvenaient les mesures d'une valse viennoise. Il se dirigea vers la musique. Il s'arrêta devant l'agence de voyages, se souvenant vaguement que peu de temps auparavant, il s'apprêtait à y acheter un billet de wagon-lit pour rentrer à Paris, y retrouver Élise et vivre avec elle, « la seule femme » qui signifiait la vie pour lui... Il contempla les réclames de l'agence de voyages en fronçant les sourcils, contrarié, comme quelqu'un qu'on dérange sans aucun tact, sans aucune sensibilité, au moment où il se sent heureux. « Non, Dieu soit loué, je ne serai plus obligé de voyager, jamais », décida-t-il, éprouvant une satisfaction victorieuse. Voyager, se colleter avec les porteurs, se laver les mains dans les lavabos des trains, sales, collants de suif, arriver à destination, téléphoner, recommencer l'esclavage pénible et compliqué du « bonheur » autour d'Élise, se préoccuper de l'argent, tenir des conférences, discuter avec des hommes célèbres et distingués – tout ce qui était superflu et pesant et qui le séparait constamment du « bonheur » ou de la « satisfaction », ou de cet état de nerfs indéfinissable dont il sentait sans cesse « depuis ce moment-là » l'engourdissement doucereux –, tout cela, par un geste unique d'une grande puissance, il l'avait chassé loin de lui pour toujours. « De toute façon, je n'ai jamais aimé voyager », pensa-t-il avec satisfaction. « Je me suis toujours ennuyé en route et le train me fatiguait. En général, ça n'a jamais été bien nulle part. Maintenant, c'est bien. » Il se frotta les mains. « À présent, je ne serai jamais plus contraint de voyager », et il jeta un coup d'œil hautain, dédaigneux, aux réclames qui l'engageaient à visiter l'Écosse et l'Afrique, « il ne me reste plus qu'à vivre. » Il se dirigea vers le café.

Il voulait écouter la musique et voir la mer de près – ces deux désirs, la musique et la mer, se confondaient en un seul. « Tant qu'on m'autorisera à vivre », se dit-il en pressant le pas. Il savait qu'il ne lui restait que peu de temps, bientôt il lui faudrait subir des questions gênantes, on allait le déranger, constamment l'empêcher de se déplacer librement et peut-être même, à la fin, on le tuerait. Cette éventualité le plongea dans une profonde perplexité. « Évidemment, c'est l'usage dans de tels cas... », et, songeur, il regarda autour de lui. « Quand quelqu'un se retrouve enfin assouvi... la société se défend. » Il s'assit à la terrasse du café, chercha la mer d'un œil distrait mais les passants la dissimulaient à son regard. Des couples allaient et venaient, se penchaient au-dessus des tables et rapprochaient leurs têtes les unes des autres. Il contempla ces hommes et ces femmes dont les yeux se cherchaient et dont les mains s'empoignaient avec une bonté teintée de moquerie et la bienveillante distance d'un initié. « Ah, mais c'est que ce n'est pas si simple, pas si facile, mes petits enfants », pensa-t-il gaiement, avec une touche de dédain. « Ce serait trop beau si le bonheur se donnait ainsi, à si bon compte – des regards et des mots et des caresses et même le baiser, et ce que vous ferez au lit ensuite, toujours à moitié, toujours en renâclant à la dernière minute… » Il venait de tout comprendre. Il fit signe au garçon de lui apporter n'importe quelle boisson et qu'on ne le dérange plus.

« Ce n'est pas la bonté qui transforme l'homme », constata-t-il, chagriné. Il lui fallait extirper chaque mot de la foule compacte des mots, tous amalgamés dans cette matière archaïque, la langue, chacun d'eux saturé de relations qui le parasitaient et qui vampirisaient son sens initial, sa force vitale. À présent il fallait nettoyer chaque mot, le détacher des autres et le désinfecter. « Ce n'est pas la bonté qui transforme l'homme », répéta-t-il très lentement, « mais le mal. » Il sortit son carnet, et avec des lettres rondes, scolaires – pas l'écriture rapide, stylisée qu'il utilisait habituellement –, en dessinant consciencieusement chaque lettre, il écrivit ces mots. Il rangea son carnet dans sa poche intérieure, boutonna soigneusement celle-ci comme s'il y dissimulait un objet de grande valeur qu'il devait veiller à ne pas se faire dérober. « Je pourrais les oublier », pensa-t-il, tout en ne tenant pas cela pour vraisemblable ; il rajouta sa pièce d'identité dans la poche. « Il est possible qu'on me tue ou qu'un jour je devienne fou. » En tout cas, il se tranquillisa : quoi qu'il lui arrive, ce qu'il avait pris en note allait subsister. Le garçon lui servit une boisson rafraîchissante et Askenazi repoussa nerveusement ce « breuvage artificiel » – cette définition lui revint à l'esprit. « C'est une chose tout à fait innocente mais elle vient de l'autre monde, celui des voyages, d'Élise, des rendez-vous, des cocktails et des locomotives à vapeur… je n'en veux plus », décida-t-il. Au cours du bref délai qui lui était imparti, il ressentait la contrainte particulière de ne rien toucher qui fût un produit de « l'autre monde ». Il mit ses mains dans les poches en faisant le délicat.

Que ce « bref moment » fût une seconde ou quelques jours ne l'intéressait pas particulièrement – comme en rêve, il commandait au temps selon son plaisir, il réussirait à revivre toute sa vie en un instant s'il le voulait vraiment ou si on l'y obligeait. Mais il refusait de penser que son affaire, avec cet « aveu » que la société tenait à lui arracher pour se défendre, était particulièrement urgente. Il s'efforçait d'analyser les événements de leur point de vue – par exemple celui du policier coiffé d'un casque colonial blanc planté au milieu de la place, tout près de l'endroit où il se trouvait, et auquel à tout instant il aurait pu faire signe – puis, se calmant un peu, il se persuada qu'il leur faudrait de la mauvaise volonté pour venir lui chercher noise. « Un juge peut-être, qui chercherait midi à quatorze heures », pensa-t-il. « Il s'agit d'une affaire privée. Ils ne peuvent fourrer leur nez dans de tels problèmes d'alcôve. Les histoires entre hommes et femmes, mon Dieu… comme c'est compliqué ! Non, on ne peut les prendre à la légère. » Pas un seul instant il n'envisagea de nier quand on l'interrogerait – ils allaient le questionner brutalement, sans faire montre d'aucun tact, et il supposait que dans un environnement moins barbare, par exemple en Angleterre ou en Chine, où l'on respecte encore la vie privée et particulièrement ce qui se passe entre hommes et femmes, jamais on ne le tracasserait à cause d'une telle vétille. Il semblait invraisemblable que le système disciplinaire de la société se mette en branle chaque fois qu'un homme et une femme se querellaient… Une incroyable organisation serait nécessaire, les tribunaux ne seraient pas en mesure d'abattre tout ce travail… Il en conclut : « Non, vraiment, il s'agit d'une affaire privée. La société peut peut-être juger les circonstances mais quant au fait lui-même… cela ne regarde personne. » Satisfait, il regarda autour de lui. Les couples se tenaient toujours par la main, les yeux se cherchaient encore en souriant, les épaules se blottissaient les unes contre les autres. « Ce n'est qu'une manière de converser, pensa Askenazi, ce n'est que la surface des choses. Pendant quarante-huit ans, moi aussi, je suis resté à la surface. J'ai cru qu'avec des baisers et de l'amour et des étreintes, on pouvait arranger quelque chose. Mais quand on n'y arrive plus… » Il soupira, soucieux. « Je me demande s'il y en a beaucoup qui vont *jusque-là* », se demanda-t-il avec anxiété. Sans doute pas – les hommes se contentent de la superficialité, des symboles et des allusions qu'ils reçoivent sans danger les uns des autres, des avant-goûts, et ils restent sur leur soif toute leur vie… « C'est une question de tempérament », pensa-t-il tout en réagissant immédiatement car il sentait que cette définition était légère. Non, en aucun cas ce n'était « une question de tempérament » mais au contraire une question de vie ou de mort, simplement la réponse à la question de savoir si la satisfaction existe, et par conséquent, si cela vaut la peine de souffrir. « J'aurai vraiment tout essayé », se justifia-t-il. « À Anna, je racontais même mes rêves, y compris les plus épouvantables, comme celui où je perdais toutes mes dents et cet autre où un cheval se précipitait sur moi, se mettait à genoux sur mes épaules et me mordait le visage… On ne peut pas en dire plus. Avec Élise aussi, on parlait de tout, de ce qu'un corps peut exprimer, on discutait… Cependant, ce n'était que du bavardage. » Des images venues de loin, englouties dans le temps, lui vinrent à l'esprit. Il revit sa prime jeunesse, les premières femmes, les maîtresses occasionnelles qui lui avaient fait goûter les premières joies emblématiques du corps et les moments particuliers qu'il avait vécus dans les bras de telle ou telle d'entre elles, à moitié évanoui et pourtant toujours aussi curieux, dans l'espoir que peut-être quelque chose allait suivre, s'éclaircir… Ce « quelque chose » qui était la raison de maints exercices amers, qui justifiait paroles, regards, étreintes, qui donnait du sens aux désirs ardents, était le seul mot, le dernier mot, la réponse aux questions que les corps se posaient à eux-mêmes. Ce mot tardait toujours à venir. Il se rappela une femme rousse qu'il avait connue à Grenoble où il était étudiant ; c'était il y a bien longtemps, trente ans peut-être s'étaient écoulés depuis ; il sentait encore l'odeur saine de la bouche brûlante de la jeune femme, les soubresauts de son corps gracile – ils se rencontrent l'après-midi, derrière les fenêtres aux volets à moitié fermés, les grands platanes baignés de soleil, une lumière dorée inonde un coin de la pièce par les fentes des volets… ils ont roulé sur le plancher, nus, presque inconscients, il a dix-huit ans peut-être… la jambe de la jeune fille est posée sur sa poitrine, ils se reposent ainsi après l'amour, longtemps, comme évanouis ; et soudain il s'empare d'elle et la secoue, s'agenouille devant elle et la supplie : « Mais parle, dis-moi enfin… » Elle revient lentement à elle et se met à trembler ; puis elle fond en larmes, maintenant ils sont tous les deux à genoux par terre, devant le lit, l'un en face de l'autre, ils se tordent les mains, comme s'ils priaient, et la femme crie, sanglote convulsivement, avec un sentiment de culpabilité, comme en transe : « Je ne sais pas… Je ne me souviens pas… » Ces paroles le calment. « Au moins, elle dit la vérité », pense-t-il. Plus tard, comme le couple du péché originel, la tête penchée, tremblant dans leur nudité, ils sont assis au bord du lit, se tiennent la main et parlent doucement. Il lui demande de se souvenir, d'essayer… qu'elle ferme les yeux, car enfin, c'est impossible qu'elle ait oublié.

Lui est un homme, il a eu autre chose en tête pendant tous ces millénaires, il a dompté la terre et réfléchi – rien d'étonnant à ce qu'il ait oublié *cela*… mais elle, la femme, n'a rien eu d'autre à faire que s'occuper de « ça », elle a sûrement observé et doit se souvenir – qu'elle fasse un effort, cela lui reviendra très certainement. Plus tard encore, alors que la femme se tait, ils se jettent désespérément l'un contre l'autre – si quelqu'un les observait, il croirait qu'ils se battent –, quels étranges mouvements que ceux du transport amoureux ! Qu'est-ce d'autre que ces morsures, ces empoignades, ces étranglements, ces coups affolés avec les poings, les dents et les ongles sur la porte close, cette façon enragée de fouiller ce corps étranger, qu'est-ce d'autre, pour un regard extérieur, sinon une grande scène de colère, de châtiment, de règlement de comptes ?

« *S'aiment-ils ?* », pourrait se demander, perplexe, une personne d'une autre planète qui observerait cette scène « d'amour », « *Mais alors comment se comportent-ils quand ils sont en colère l'un contre l'autre ?* » En effet, c'est comme si l'un revendiquait quelque chose de l'autre, en l'étranglant, l'empoignant, le mordant, entièrement immergé dans l'autre, râlant, l'assaillant de questions rugissantes : « *Mais dis-le donc !… Où l'as-tu caché ?… Pourquoi ne le sors-tu pas ?… Pourquoi est-ce que tu te tais ?…* » Les marques de l'amour devraient être tout de même plus tendres, plus douces ; seuls des animaux sauvages se jettent ainsi l'un sur l'autre, qui se disputent une invisible et précieuse proie… Il alluma une cigarette. À présent la foule qui l'entourait se dispersait et il aperçut la mer, au-delà du parapet de la jetée, entre deux tables. La musique s'était tue, les musiciens rangeaient leurs instruments dans des étuis en toile, les couples rentraient chez eux bras dessus bras dessous. « Ah mais partez donc », pensa Askenazi, et tel celui qui arrive à bon port, ayant goûté le fruit de la connaissance, il s'accouda confortablement à la table, souffla des ronds de fumée en suivant du regard les couples enlacés qui s'éloignaient. « C'est cela, rentrez donc chez vous, mettez-vous à table et au lit, goûtez encore, prudemment et goutte à goutte, l'élixir du bonheur… Vous resterez pourtant sur votre soif, mes chers petits. La satisfaction n'est pas octroyée à si bon compte… personne ne donne rien et chacun aimerait recevoir… comme ce serait bien ! » Content de lui, il laissa échapper un rire. « Ils rentrent chez eux, allument et éteignent la lumière, se couchent dans leur lit douillet, s'enlacent et, ensuite, attendent le miracle… Et puis quoi encore ?… » Il était de plus en plus convaincu que la société ne contesterait pas sa démarche – peut-être les gendarmes infligent-ils une amende pour ce genre de choses, quelques francs ou bien un ou deux jours de cellule, comme quand on marche sur une pelouse interdite ou qu'on écrase un poulet avec son automobile.

« Impossible qu'ils ne comprennent pas », pensa-t-il, confiant, « *En effet, tous les gestes de l'amour nous incitent à commettre cela…* » N'importe quel juge, même tendancieux, ne pourra que respecter cet argument. S'ils exigent une « procédure d'enquête », alors, mon Dieu, qu'ils ouvrent les yeux et regardent, n'importe où et n'importe qui, deux personnes, un homme et une femme, qui s'étreignent !… Peut-on se méprendre sur les gestes de l'amour ?… Cette offensive, cette révolte des corps, n'est-elle pas une demande de comptes et une revendication ? L'amant traite sa proie comme la foule lynche un bandit dans la rue… et les mots du désir, les mots de « l'amour », n'expriment que bataille, blessure, hostilité ! Il pensa qu'il avait lui aussi, comme d'autres avant lui, souvent atteint la limite « autrefois » – sa main caressait le cou de la femme, il chuchotait des mots sans aucun sens, ses dents se cognaient contre les dents de l'autre – mais ce vertige, cette convulsion, ce grand élan qui emportent l'homme sur l'autre rive étaient toujours restés inaccomplis – à la dernière minute, il s'était cabré, avait reculé et s'était contenté de la « volupté », du « plaisir ». Il pensa aux innombrables couples d'amoureux, aux générations qui, à toute heure du jour et de la nuit, se torturaient, pris de désespoir et d'amertume, où l'homme avait recours au fouet ou quittait la femme pour se réfugier parmi ses pairs et se mettait à errer d'aventure en aventure comme un fou. « Comme ces hommes doivent être fatigués finalement ! » pensa-t-il avec commisération. « La plupart s'y épuisent tant qu'ils finissent par en mourir… » Non, on ne pourrait vraiment pas le punir pour *ça;* peut-être allait-on même le récompenser, ou le fêter, et la vie allait soudain changer, les gouvernements démissionneraient, on considérerait la question des nations comme résolue quand ils sauraient – cette idée avait à peine surgi qu'il décidait à l'avance de ne pas réclamer de récompense et d'éviter toute célébration. Il sourit modestement, les yeux baissés, comme si le moment de refuser les honneurs était déjà arrivé. « J'ai toujours espéré ne pas avoir à le faire », pensa-t-il tristement. « J'ai essayé tant de choses !… J'ai beaucoup lu sur le sujet et une fois, j'ai même tenté l'expérience avec un homme… » Il revoyait chaque détail de la scène ridicule, à Berlin, où il se trouvait pour son travail bien des années auparavant ; un soir, dans un de ces cabarets à la réputation douteuse, une jeune femme blonde, en robe de soie verte, l'avait interpellé ; elle avait convulsivement serré les mains d'Askenazi sous la table de ses longues mains douces et l'avait supplié de partir avec elle. Il n'était pas absolument sûr que la fille ne soit pas androgyne, ou peut-être même pas une femme… Une fois la note payée, il avait pris la « fille » par le bras et s'était éloigné du local louche en éprouvant le même vertige que parfois au moment critique de l'étreinte amoureuse – c'est peut-être là que se trouve la voie, plus qu'un seul mot encore, un geste, et la vague brûlante l'emporterait sur une rive plus sereine… Après le dancing aux lampes tamisées et la pénombre du taxi, à la lumière vive de la chambre d'hôtel, la « fille » révéla son secret, se déshabilla lentement, avec des gestes de femme, mais sous les dessous de soie se dissimulait un serrurier au chômage… Il l'avait regardé avec indifférence, n'éprouvant ni dégoût ni particulière attirance non plus ; il avait vécu cette scène comme triste et ridicule, avait renvoyé l'artisan sans travail avec ménagement et lui avait donné de l'argent. Ce n'était qu'un des chemins, un des signaux, un sentier parmi des milliers d'autres qui conduisaient vers le but invisible, impalpable… Pendant longtemps, il avait cru au grand symbole de la « continuation de la vie », de la « reproduction », mais quelques années après la naissance de son enfant il lui avait fallu s'avouer qu'elle ne les aidait pas, et qu'Anna et lui-même avaient continué à vivre dans la même attente et la même tension qu'avant la naissance de la petite fille. Il jeta de l'argent sur la table et se leva.

Le soleil resplendissait sur la montagne d'un éclat encore vif mais froid, comme coulé dans le bronze ; les maisons et les choses se détachaient plus nettement dans cet éclairage comme si, en sortant du moule brûlant des heures au soleil, leur matériau était devenu rigide et figé ; au-dessus de la mer le vent s'était levé et balayait la poussière de la rue. Askenazi passa devant le policier, le regarda en face avec sévérité – celui-ci, un homme corpulent, ne soutint pas cet étrange regard, il se détourna, embarrassé, d'un air contraint, et fit quelques pas de côté. Askenazi, d'une manière provocante, s'arrêta au coin de la rue, y resta sans bouger et le suivit des yeux d'un regard interrogateur. « Que gardes-tu donc ? » était sa question muette, formulée par sa bouche immobile. « L'ordre ?… On ne t'a pas dit que cet "ordre" n'était qu'une facette des choses ?… L'ordre, les liens sociaux n'appartiennent qu'à un des rivages, celui du jour, mais que fais-tu de l'autre rive, celle de la nuit, qui en est le complément et la conséquence, sans laquelle aucune vie n'est possible et au sein de laquelle tout ce qui s'est imbriqué et construit pendant le jour se désagrège ?… » Il regarda autour de lui. « Les maisons », pensa-t-il avec compassion, et il haussa les épaules. Il lui sembla que les édifices étaient posés à leur place de façon aléatoire, dépourvus de cohérence et de densité ; derrière les fenêtres on rangeait des affaires, on mettait la table pour le dîner… « Comme si on commençait avec beaucoup de soin à faire les lits dans les cabines d'un navire en train de couler… » Il passa devant l'église, y entra.

Une femme, un fichu noué au menton, piquait un cierge allumé devant l'image du saint de Padoue, à l'autel latéral. « Ce n'est pas assez cher payé », pensa froidement Askenazi en passant. Il s'arrêta dans la pénombre et croisa les mains d'un geste mécanique. La lueur de la bougie entamait à peine l'obscurité de la triple nef ; derrière l'autel principal, par une porte basse entr'ouverte, filtrait une lueur provenant de la cour du cloître ; ailleurs des ténèbres humides et artificielles suintaient des murs séculaires. Il se dirigea vers la lumière et, devant l'autel principal, il s'arrêta, presque par politesse. Sa main fit involontairement le signe de croix, comme on se sent obligé de soulever son chapeau dans la rue en rencontrant une connaissance très distinguée, dont on n'est pas sûr que la salutation lui soit agréable. Trois larges marches recouvertes de velours menaient à l'autel derrière lequel on découvrait une *pietà* d'un artiste inconnu (« Médiocre style toscan », réagit fugacement en lui l'ancien Askenazi pontifiant) : sur l'aile droite, les porte-lances romains, les soldats à l'indifférence professionnelle, sur l'aile gauche, les femmes se tordant les mains et au milieu, entourant de ses bras le corps masculin nu et défait, la mère à l'expression déjà détachée et figée par la douleur. « Oui, d'accord », pensa Askenazi, comme lorsqu'on assiste à un spectacle extrêmement pénible et qu'on n'ose pas, par décence, se détourner, qu'on courbe la tête et qu'on baisse les yeux par compassion, alors qu'on aurait plutôt envie de crier et de protester.

« Bien sûr, naturellement », se répéta-t-il aussitôt. Précautionneusement, pudiquement, il leva les yeux et examina le corps simplement vêtu d'un pagne étroit autour de l'aine, idéalisé jusque dans sa torture. « *Askenazi* », prononça-t-il à voix basse, confidentielle. Il regarda autour de lui. La femme qui venait de se recueillir en offrant son cierge au saint de l'autel latéral se dirigeait à présent vers la sortie, elle se retourna encore une fois depuis le seuil, s'agenouilla, fit longuement et plusieurs fois le signe de croix puis quitta l'église. « *Viktor Henrik Askenazi* », répéta-t-il d'une voix un peu plus forte, bien que toujours retenue, maintenant qu'il était seul. « *Vit à Paris. Quarante-huit ans. Catholique romain. Professeur à l'École des langues orientales en littérature grecque et langues d'Asie Mineure. Marié. Un enfant.* » Puis, par en dessous, l'air fourbe, les yeux levés, il chuchota d'une voix fausse : « *Mon Dieu, aie pitié de moi.* » Une idée soudaine s'empara de lui. Il se leva, brossa la poussière de son pantalon, se redressa, repoussa sa tête vers l'arrière, de façon légèrement théâtrale. « *Il faudra que nous discutions* », dit-il à voix haute, provocante, arrogante. Il regarda fixement au-delà de l'autel, vers l'obscurité. « *Le lieu ne s'y prête pas. Entre nous il y a…* » Il s'interrompit, réfléchit à « ce qu'il y avait entre eux ». Il ressentait l'obstacle mais il n'arrivait pas à le déterminer. Plus tard, cela lui revint : « *La religion. Entre nous, il y a la religion. Le lieu ne s'y prête pas.* » Il dit d'un ton revendicateur, presque en criant : « *Il est urgent que nous en discutions quelque part.* » Ses paroles retentirent en écho. C'est pourquoi il baissa la voix et remarqua sur le ton de la confidence : « *Je n'ai plus beaucoup de temps.* » Il contourna l'autel, se dépêchant pour chercher le moyen « qu'il n'y ait plus d'obstacle entre eux ». Il marcha vers la porte basse qui s'ouvrait derrière l'autel principal ; la douce lumière de l'après-midi jaillissait de la porte entr'ouverte et, du seuil, il aperçut le cloître, les arcades qui menaient au réfectoire et le puits circulaire au centre. Des volubilis s'enroulaient autour des colonnes en marbre et du minuscule jardin qui s'étendait dans le carré de la cour autour du puits, irradiait la senteur de la terre friable fraîchement arrosée et des fleurs de serre tropicales. Le moindre sillon du luxuriant jardin regorgeait de fleurs et, bordant les plates-bandes, de grands palmiers et des cactus jaunes à taille d'homme montaient la garde avec leurs glaives. Tout autour, l'église et les murs du cloître enfermaient l'enclos dans un rectangle régulier, des pots de fleurs ornaient les petites fenêtres des cellules monastiques et un carré de ciel gris bleu recouvrait la cour, fixe et sans un seul nuage, comme un toit de verre. Il ne vit personne, absorba à grandes gorgées avides la puissante fragrance, l'air brumeux et épicé, et hocha la tête avec la réprobation goguenarde dont on fait preuve quand on prend sur le fait des amis qui s'adonnent en secret à une passion interdite. « Eh bien dites donc ! Il n'est pas difficile de renoncer au monde quand on respire de tels parfums... Ah, ces ascètes !... », pensa-t-il, et cela le fit rire. Il se dit que toute stimulation offerte par le monde avait la même source et poursuivait le même but. « Si quelqu'un se bouchait les oreilles et contemplait une scène lascive les yeux grands ouverts, alors il ne commettrait pas de péché ? Quelle roublardise ! » Il respirait les lourdes émanations physiques de la terre et des plantes, ce parfum presque sensuel qu'exhale la terre arrosée de frais après la forte chaleur, il humait l'odeur de transpiration luxuriante et vaporeuse des plantes en hochant la tête. Le silence qu'exhalait le jardin et que conservaient jalousement les épais murs de pierre le remplit de nostalgie et d'envie. « Peut-être me suis-je tout de même trompé », pensa-t-il avec frayeur. « Peut-être cette paix existe-t-elle… le renoncement, le silence, l'apaisement. » Il regarda autour de lui avec épouvante. Que se passerait-il s'il « s'était trompé » ? S'il n'avait pas eu « raison », s'il n'avait pas été simplement impatient, ou – et pour cela point de salut – lâche et avide ? Il avança sous les arcades ; le jardin et les murs étaient restés intacts depuis le Moyen-Âge, un silence imprégné des mystères d'innombrables vies l'entourait, un silence compact riche des secrets d'hommes qui ne s'acharnaient pas à trouver des « solutions » mais se coulaient simplement dans les moules existants et finissaient par les accepter… Nostalgie, envie, effroi se profilaient en lui. Il jeta un coup d'œil sur les fenêtres des cellules qui ne laissaient pénétrer du monde que les effluves et les couleurs des fleurs en pots et ne voyaient que ces quelques mètres carrés de forêt vierge touffue, comme des symboles, comme des fleurs séchées dans un livre de prières en souvenir de la flore tout entière. « Ils ne peuvent pas avoir raison », pensa-t-il, pris d'un espoir têtu. « Ils sont simplement trop faibles pour le monde, pour les entreprises humaines. Ils se dissimulent derrière les murs… Comme ils sont épais !… » Il observa les nobles arcs des voûtes ; les moines, à l'instar des jardiniers japonais, avaient ouvert d'infimes chemins de gravier dans ce territoire minuscule, quatre bancs de pierre ornés de têtes de lions étaient posés aux quatre coins du « jardin » et Askenazi ne comprenait pas de quelles réserves de terre disposaient ces quelques mottes, entre les pierres, pour alimenter ces charmilles, ces plates-bandes et toute cette intriguante fertilité. Les fenêtres des cellules donnaient plutôt sur l'intérieur que sur le jardin... « Une pratique vieille de cinq cents ans », pensa-t-il avec dédain. « Des méthodes. Les hindous en savent quelque chose. » La magie du jardin, avec sa délicate et austère pudeur et son enfermement raffiné, presque hautain, lui suggéra que cette « méthode » était consciente et servait un but ; ce silence n'était pas le calme artificiel d'un sanatorium mais le produit apaisé de la tranquillité, de la volonté et de la discipline... Il se dirigeait vers l'église quand, provenant d'une des « charmilles » (en réalité, quelques buissons et deux palmiers enchevêtrés), il entendit un claquement bizarre ; le bruit se répéta vivement et il reconnut le son d'un sécateur, il se rapprocha des plates-bandes et suivit l'étroit chemin recouvert de gravier. Au bout de quelques pas, il s'arrêta net. Un homme vêtu d'une robe à capuche brune surgit de derrière le palmier, tenant à la main un sécateur et un arrosoir. Il se dirigea vers le puits, y plongea l'arrosoir, et n'aperçut Askenazi qu'à ce moment-là ; son expression était dénuée d'intérêt particulier et d'amabilité ; sans sourire, il salua Askenazi avec le naturel du propriétaire des lieux, hocha avec beaucoup de dignité sa tête grise et tonsurée, Askenazi s'inclina poliment et lui rendit son salut. L'épaisse soutane taillée dans une étoffe brune dissimulait la silhouette du vieil homme. Askenazi n'arriva pas immédiatement à établir s'il était gros ou mince. Ses mains burinées, calleuses et brûlées par le soleil rappelaient plutôt celles d'un journalier que celles d'un moine et des yeux noirs à l'éclat sombre et flamboyant irradiaient dans son visage émacié. Pendant un instant, ces yeux semblèrent assaillir Askenazi d'un questionnement retentissant ; mais la bouche mince et pâle n'émit aucune son et la flamme inquisitrice et presque agressive du regard s'éteignit. L'arrosoir et le sécateur à la main, il se retourna vers les charmilles comme s'il en avait assez vu et n'avait aucune question à poser ; il arrosa l'une d'elles, détacha de ses mains précautionneuses une branche de mimosa et en coupa quelques odorantes grappes jaune clair. Il avançait à pas lents, sans se soucier le moins du monde de la présence d'Askenazi, comme quelqu'un habitué aux visites bavardes et importunes des touristes, et qu'aucune force ni aucun pouvoir humains n'empêcheraient d'accomplir sa tâche en temps donné.

Chacun de ses gestes était lent, posé, réfléchi. Askenazi était planté là, embarrassé. Faisant mine de chercher quelque chose, il regarda autour de lui, sortit sa montre, jeta un coup d'œil au ciel ; le moine ne prêtant aucune attention à sa présence, il toussota et, humilié, se mit en route d'un pas incertain. Son chemin le mena à côté du religieux qui à présent nouait d'un lien d'herbes tressées les grappes de mimosa et s'était agenouillé pour effectuer cette besogne ; Askenazi observa attentivement la silhouette agenouillée, le corps trapu recouvert d'une robe à capuche brune, le crâne étroit à la petitesse disproportionnée qui se détachait fragilement du cou massif ; sa taille était ceinte d'une épaisse cordelière et un chapelet noir pendait à son côté. Lorsque Askenazi arriva près de lui, il tourna la tête et, sans quitter sa position à genoux, avec un sourire neutre, il n'en demanda pas moins avec une politesse presque commerciale : « *Sie wünschen, mein Herr*[1] *?...* » Sa prononciation sonnait étranger et il énonçait les mots allemands avec incertitude. À cet instant, sans doute en provenance d'un campanile invisible dans une autre cour intérieure du cloître, résonnèrent au-dessus de leurs têtes les cloches de l'angélus. Le moine fit le signe de croix, courba la tête, pria silencieusement ; puis il se remit debout et, toujours en souriant, il demanda d'une voix plus assurée à présent : « *Sie wünschen ?... Wir schliessen bald*[2]. » Et il fit un geste en direction de l'église. Ils se tenaient en face l'un de l'autre et Askenazi put enfin contempler son imposante silhouette ; la soutane marron cachait un corps musclé et puissant et les mains étaient croisées sous les amples manches de sa robe. Askenazi se sentit insignifiant face à ce corps immense et, tournant à moitié la tête vers lui,

1. Vous désirez, Monsieur ?
2. Nous fermons bientôt.

contempla la figure souriante : il fut surpris par la fraîcheur de ce visage en bonne santé, aux traits fins. Le front était lisse, dénué de rides, la couronne de cheveux blancs épais épousait le crâne oblong à la manière d'un postiche, et l'élégance de la tête, la ligne distinguée du nez et de la bouche, les yeux inquiétants au regard flamboyant contrastaient avec la lourdeur du corps. Le silence par lequel Askenazi avait répondu à la question courtoise et indifférente devenait presque pénible, à la limite provocante. Le sourire s'effaça des lèvres du moine et il observa l'étranger d'un regard soucieux : dans l'expectative, grave et digne, manifestant un intérêt certes impersonnel mais prêt à l'aider. De l'épaisse étoffe brune de son habit émanaient une odeur d'encens et de moisi ainsi qu'une autre, masculine, crue, de savon à base de suif. « Peut-être pourrions-nous nous asseoir », pensa Askenazi, hésitant. « Ici, sur ce banc de pierre... Peut-être ne le prendrait-il pas mal si je lui demandais si lui, il a réussi ? » Sans se soucier du regard froid posé sur lui, il étudia ce visage avec autant d'impudeur que s'il n'avait pas appartenu à un être humain vivant mais n'était qu'une chose, de la matière inanimée qui devait subir cet examen cruel et sans pitié sans aucune réaction. Il examina en détail la forme de la bouche, des oreilles – il se leva même sur la pointe des pieds pour mieux voir –, il s'appesantit sur les yeux, dont l'expression ne trahissait ni colère ni étonnement face à son propre regard inquisiteur, il fit un pas de côté, examina de biais la forme de la tête, le profil calme, les traits lisses et expressifs du front – et, parce qu'il ne trouva de défaut nulle part, pas le moindre signe de doute dans une ride, qui aurait pu révéler qu'à l'abri de ce front tranquille et majestueux un fauve trépignait, tombé dans un piège, prisonnier d'une cage, une telle haine et un tel désespoir s'emparèrent de lui que, saisi de terreur et d'épouvante, il leva les bras pour protéger son visage en un geste de défense. « Mais alors, je me suis donc trompé !... », pensa-t-il, le corps envahi de chair de poule, regardant la silhouette paisible de ses yeux vitreux et fixes de désolation. « Ce n'est pas possible, il n'y a pas d'exception ! » Le moine s'avança vers lui doucement, précautionneusement, son calme visage éclairé de compassion et d'affliction ; Askenazi eut le sentiment que personne ne l'avait jamais regardé avec autant de bienveillance et de compréhension navrée. Pris dans sa terreur, il agrippa la poitrine du moine, l'empoigna par son habit, le secoua des deux mains et, révolté, hurla, hors de lui : « Ce n'est pas vrai ! Ce n'est pas possible ! » Deux fortes mains s'emparèrent de ses bras et doucement, sans lui causer le moindre mal, d'une prise irrésistible, bloquèrent l'étreinte et l'agitation de ses mains. Cette défense émanait plus de la personnalité tranquille et inaccessible du moine que de sa force physique ; c'est avec cette supériorité paisible qu'un adulte maîtrise un enfant surexcité et rebelle, estimant qu'il ne vaut pas la peine de faire sentir sa véritable force en usant d'une riposte disproportionnée. Askenazi, pâle, fléchi, se tenait prêt à bondir face à son adversaire immobile et calme ; il regardait maintenant par en dessous les yeux à la flamme sombre comme si, dans des rôles inversés, il avait déjà vécu cet échange de regards, et un frisson parcourut son corps… Les yeux calmes se troublèrent ; ils perdirent leur éclat ; Askenazi se rendit compte avec une joie maligne que le moine ne pouvait soutenir l'inquisition de son regard qui lui demandait de rendre des comptes et que ses yeux se révoltaient, son visage se déformait douloureusement, en colère. « *Tu mens !* » cria-t-il triomphalement. Et il lui cracha à la figure.

Il arracha ses bras des mains de l'homme interloqué et partit en courant. Il se retourna une fois arrivé à la porte de l'église – il avait détalé tel un fuyard, presque accroupi, et c'est dans cette posture fléchie qu'il s'était retourné ; il eut le temps de voir le moine lever lentement un bras et s'essuyer le visage du dos de la main. Il était debout dans un des endroits ensoleillés du jardin, entre deux palmiers, immobile ; des plis de sa robe il retira un mouchoir avec lequel il se nettoya la figure et la main et d'un geste lent, il se signa. Askenazi arriva à la nef centrale de l'église. Il s'arrêta devant l'autel et guetta pour voir si on l'avait suivi. Mais il eut beau écouter longtemps, il n'entendit aucun bruit. Alors, avec une lenteur ostentatoire et à pas sonores, bruyants – comme quelqu'un qui n'aurait pas la moindre intention de s'échapper, qui ne se cache pas et qu'on peut rattraper si on a quelque chose à lui reprocher –, il quitta l'église en marchant dans la travée, le long des rangées de bancs. Il traversa la place principale, se retrouva dans la foule du corso et se dirigea vers le vieux port où la flotte de la république de Venise avait mouillé jadis mais où les navires modernes, plus profonds, n'avaient plus accès. Il entendit jouer de l'accordéon. Des deux côtés de la jetée étaient rangés des canots à moteur. Les promeneurs évoluaient en une file lente et mécanique sur la digue. Les marins en tricots bleus recouvraient les bateaux à moteur de bâches pour la nuit. Le grand navire anglais se trouvait déjà dans la baie, loin de la rive ; il ressemblait à un jouet minuscule et le nuage de fumée qu'il traînait dans son sillage flottait comme un solennel voile de deuil sur la surface lisse de l'eau. « Tant de monde », pensa-t-il avec humeur. « Partout des gens… » Il regarda l'île lui faisant face, ce morceau de terre isolé, qu'on aurait dit blessé par cette mise à l'écart. La lueur du soleil couchant dessinait ses contours d'un trait épais à la craie d'or foncé, signalant ce point solide dans l'insécurité générale, comme la lumière du néon désigne un asile protecteur dans une rue agitée d'une grande ville.

Il alla jusqu'au bout de la jetée, choisit un des rares canots légers et marchanda par signes le prix de la location. « *Una hora !* » dit le canotier, un Dalmate âgé coiffé d'un chapeau de paille, pieds et torse nus, vêtu d'un pantalon en loques, planté là comme un berger aquatique rentré à la bergerie, au milieu des barques que les vagues de la marée montante choquaient les unes contre les autres avec des clapotis sourds. Il sauta dans la sienne, ôta sa veste – l'air vaporeux était encore accroché à la surface lisse de la mer en couches humides et chaudes et l'eau fumait légèrement près de la berge –, s'empara des rames et dirigea la proue du bateau vers l'île. « *Una hora !* » répéta le vieux en insistant sur la recommandation, montrant de son index mutilé le soleil couchant et le ciel envahi d'une lueur rouge. Deux femmes se tenaient sur la jetée, l'une vieille, hirsute et en loques et l'autre, au corps jeune et souple vêtu de haillons, qui serrait un petit enfant contre sa poitrine pleine, avec une sorte d'oubli de soi et de douceur distraite. Les deux femmes et le marin observèrent longuement cet homme qui s'éloignait et qui avait choisi une heure si tardive pour faire une excursion à l'île ; en fait, ce furent eux qui, vers l'aube, mirent les gendarmes sur la voie.

Il ramait avec facilité, l'eau n'opposait aucune résistance aux coups de rame et en moins d'une demi-heure il atteignit le port vide et rudimentaire de l'île, fait d'un ramassis de moellons et de cordes tressées attachées à des pieux. Un coup de pied lui suffit pour repousser la barque et l'abandonner au courant, il remit sa veste car l'exercice physique inhabituel l'avait fait transpirer et il avança lentement sur le sentier étroit en pente raide qui menait au point de vue, en haut de l'île. Il faisait encore jour quand il parvint au sommet.

Dialogue

L'île ressemblait à une brique de forme irrégulière ; elle se dressait au-dessus de la mer comme un petit massif montagneux égaré qui serait resté seul, inquiet, à scruter le monde et qui ne parviendrait plus à rentrer chez lui, au sein de sa nombreuse famille. Askenazi fut surpris d'observer, du sommet de l'île, l'étendue de ce territoire détaché du continent. Tout autour s'étalait une forêt épaisse de sapins aux troncs rouges et à hautes couronnes. À ce moment du crépuscule, ils exsudaient une senteur acidulée ; dans l'air flottait l'odeur aigre-douce de la résine fondue au cours de la journée. Il s'assit au pied d'un sapin, respirant difficilement, ayant perdu le souffle sur le chemin escarpé. « Un empereur vécut ici jadis. » En chemin, il avait aperçu des ruines romaines. Automatiquement, docilement, de son vieux fonds surgit la réponse : « Maximilien. » Il ferma les paupières et resta assis, les bras croisés, immobile. Dans ce silence pénétrant, presque tangible (« comme de la glycérine » fut ce qui lui vint à l'esprit et en effet, ce silence ressemblait à un liquide épais, inodore, sans saveur), et même sur cette hauteur, il entendait les bruits de la mer. La marée frappait de chocs sourds les rochers de l'île, et ce son éloigné se morcelait en notes infimes au sein de ce pur silence qu'il n'avait jamais connu auparavant, débarrassé de tout bruit artificiel. Le bruit de l'eau se répétait selon une gamme musicale et ressemblait à une mélodie ascendante et descendante ; ce chant n'était ni triste ni gai, il se situait au-delà de la frontière où l'oreille humaine entend la musique, il n'en ressentait que le rythme et ce rythme ne voulait visiblement rien exprimer. « La mer n'a rien à dire », pensa-t-il, les yeux clos. Une mouette survolait l'île et criait d'une voix rauque ; ce fut le premier et dernier son émis par une créature vivante qu'il entendit cette nuit-là sur l'île. Il ne voyait déjà plus le soleil mais pendant un court instant, la mer réverbéra son déclin et scintilla d'un éclat argenté, comme du mercure désintégré. Ce n'était plus le jour mais pas encore la nuit non plus ; le ciel s'étalait au-dessus de lui, vide, il n'y percevait aucun astre céleste, ni lune ni étoiles ; il faisait clair, d'une clarté singulière, comme sous-marine.

Là-haut au sommet de l'île, dans cet éclairage insolite et effrayant, pour la première fois de sa vie, il se sentit seul. Cette situation nouvelle le surprit. Ses relations le considéraient en général comme « un homme solitaire ». Il lui semblait à présent qu'il n'avait eu jusqu'ici aucune notion d'une solitude telle que celle qui l'entourait en ce lieu, dans cette lumière incolore se fanant à chaque instant et ce silence épais, huileux, avec en bas la mer dont la surface infinie reflétait le vide du ciel ; il s'était enfin agrippé à cette côte solide comme un naufragé à un brisant. Des sapins l'entouraient et un rocher bas, une pierre carrée, occupait le centre de la petite clairière, tel un autel de sacrifice païen ; des aiguilles de pin en décomposition recouvraient d'un tapis épais et doux le chemin qui l'avait mené ici. « Enfin seul », pensa-t-il. Il s'étira. Une impression de sécurité qu'il n'avait encore jamais éprouvée succéda à son étonnement devant sa solitude. Tout lui paraissait connu, il posait son regard de tous côtés, un peu avec l'aisance d'un propriétaire qui, après une longue errance, revient dans l'univers où, selon la loi de Dieu et des hommes, il est autorisé à séjourner, un lieu dont personne ne peut le chasser, où il n'est d'autre ordre et d'autre règle que celles qu'il édicte. Il commença à se mouvoir timidement dans sa nouvelle demeure, entre ciel et mer… « Comme c'est familier », pensa-t-il. Il s'approcha des sapins, frappa leurs troncs, fit connaissance avec cette végétation solitaire et modeste. La ville allumait ses premières lumières vacillantes ; il se dirigea vers le rocher et contempla les bastions ronds, les structures défensives, résolues – comme si la ville s'était resserrée autour de sa terreur et de son angoisse pendant des siècles, occupant un territoire surpeuplé jalousement fermé, et comme si elle s'était uniquement concentrée à offrir une surface minimale au monde hostile qui pourrait l'attaquer. Et derrière les fortifications se tenaient les maisons avec leurs murs épais, entre les murs les portes cochères et les porches protégeaient les hommes terrifiés et, au-delà des portes, à l'intérieur des tiroirs verrouillés, derrière les armoires bardées de ferrures, se blottissait tout ce qu'on craignait de perdre – cette ville n'était que défense, elle se tapissait dans le sable comme une tortue avec le dos rond de ses bastions renforcés. Askenazi lui lança un regard de commisération. Il se tenait debout, la tête nue, et baignait son front trempé de sueur dans la brise fraîche qui soufflait sans cesse à cette hauteur. La mer était vide et, d'ici, semblait désolée – saccagée et abandonnée.

Il la regarda avec pitié. « La mer ne peut pas souffrir », s'étonna-t-il, et longtemps il contempla l'étendue d'eau, les bras croisés. « Mais alors quel a été le but de sa création ? » Ce monde vide que le sens et le but avaient abandonné depuis l'Antiquité s'étalait autour de lui avec indifférence. « *Seul le sens peut faire mal* », pensa-t-il encore. La souffrance grouillait là-bas sur la côte, derrière les bastions massifs, tremblotait et clignait de ses yeux lumineux ; mais ici, entre les cieux et l'eau, il était le dernier nerf à se contracter et à ressentir quelque chose ; tout autour, indifférence et ténèbres. Il toussota ; mit la main devant la bouche car ce son grondait et s'enflait de multiples échos dans le silence singulier ; chaque mouvement, le bruit de ses pas, le crissement des cailloux sous ses pieds, produisait un vacarme, comme si un équipement de haut-parleurs invisibles projetait au monde entier chacune de ses inspirations amplifiée comme un grondement. C'est pourquoi il se déplaçait doucement et précautionneusement; il s'assit sur le rocher carré et tendit l'oreille en direction de la mer. « Texte inconnu », pensa-t-il. « Langue monosyllabique. Peut-être même sans conjugaisons. Simplement un rythme… » Et comme s'il commençait à comprendre brusquement quelques mots d'une langue totalement étrangère, il se pencha en avant avec une expression angoissée et écouta le rythme obstiné. « Elle dit quelque chose, sans aucun doute. Mais peut-être n'est-ce pas avec l'oreille ou l'intelligence qu'il faut écouter ceci », et il retint sa respiration pour mieux entendre. « Peut-être existe-t-il des textes qu'on ne peut traduire ni en latin ni en français… » Un jour, il faudrait se libérer de cela aussi : du vocabulaire étroit de « la raison », de quelques centaines de milliers de notions qui gardent jalousement une sorte de secret qu'on n'a jamais pu ni complètement admettre ni entièrement définir. « Qu'est-ce que j'ai encore à vouloir de la "raison" ? » se demanda-t-il, surpris. « On ne peut l'employer que là-bas, sur la côte; elle y est encore valable, on peut encore se conformer à elle comme aux unités de mesure ou aux règlements. De ce côté-ci, il est évident qu'elle ne m'est guère utile… Comme si quelqu'un partait sur la planète Mars avec un réveil bien réglé et un contrat d'assurance-vie en poche ! Il n'y a peut-être même pas de temps sur Mars. » Brusquement, on aurait dit qu'un seul geste avait éteint la lumière du soleil. Le paysage s'était obscurci autour de lui. À présent il ne voyait plus la mer, il l'entendait seulement, d'assez loin, comme si c'était un fou parlant dans le noir, répétant sans cesse le même mot. Sur la côte, toutes les lampes s'étaient allumées, et, rayonnant de sa lueur froide, presque artificielle, la lune apparut au bord de l'horizon. D'un œil distrait, il rechercha l'hôtel parmi les lumières du rivage mais il n'arrivait plus à se repérer dans les ténèbres. « Que peut-elle bien faire maintenant, la pauvre ? » se demanda-t-il incidemment, presque par politesse. Depuis l'instant où il avait quitté la chambre quarante-deux, c'était la première fois qu'il y pensait ; en la plaignant mais sans émotion particulière, comme on pense à une vague connaissance dont on sait qu'elle a du chagrin ou souffre d'une maladie. « On fait sa toilette peut-être... *Que font les morts ?* » Il avança vers le bord de la clairière, contempla le paysage éclairé par la lueur douceâtre, presque sirupeuse, de la lune et haussa les épaules. « *Les morts n'ont pas de sexe.* » Il avait un peu pitié d'elle mais il ne ressentait aucun désir, aucun besoin de convoquer l'image de la femme inconnue. Il n'arrivait pas à se remémorer son visage, il ne voyait que ses mains à présent, ces mains de femme, fines, osseuses, pas très belles, avec la petite bague à la pierre bleue. « Elle a dû recevoir cette bague quand elle était encore lycéenne. Étonnant qu'elle ait pu encore l'enfiler à son doigt. Cela dit, elle avait les doigts fins. » Il ressentait presque du dégoût à penser à cette main osseuse. La tendre main de petite fille d'Élise lui vint à l'esprit. « Où l'apprendra-t-elle ? » se demanda-t-il. « En Amérique du Sud ? Peut-être la nouvelle ne paraîtra-t-elle même pas dans les journaux... Peut-être ne le saura-t-elle jamais. » Cette hypothèse le consola. « Il est vrai que les journaux sont avides de faits divers et qu'ils falsifient beaucoup la vérité. Ils ne respectent pas non plus les histoires privées. Ici, ils parleront de crime passionnel... » Il s'indigna. Dans leur rapacité et leur manque de rigueur, les journaux évoqueraient sans doute un « drame de la passion » ; ils pourraient dire ce qu'ils voudraient dans la presse mais il était déterminé à protester contre cette interprétation en quelques phrases courtoises mais fermes. « Ce n'est pas la passion que je cherchais, c'est idiot. Le plaisir, je sais ce que c'est. Distraction secondaire. » Puis : « *Si seulement elle n'avait pas chanté !* » Quand il était entré dans la chambre, après s'être poliment incliné sur le seuil – vraiment, les formes, il les avait respectées à la perfection, personne ne pouvait rien lui reprocher sur ce plan-là, il est incroyable de constater à quel point et dans quelles situations les gestes transmis par une bonne éducation perdurent ! –, la femme inconnue était debout près de la fenêtre et, une partition à la main, elle chantait. « Amateur », pensa-t-il avec indulgence. À présent il jugeait la femme avec plus de compassion, plus de douceur qu'à ce moment-là – en fait, c'était triste, une jeune femme seule, à l'étranger, debout devant la fenêtre de sa chambre d'hôtel, une partition à la main, en train de chanter doucement… « Comme une folle », pensa-t-il… « Des gens, seuls dans des chambres… Des centaines de milliers de gens. » Il regarda autour de lui, énervé.

La chaleur ne s'était pas atténuée au coucher du soleil ; une matière noire et moite se collait à ses mains et à son front, s'appesantissait sur sa poitrine, étranglait sa respiration. Il regarda l'heure à sa montre-bracelet : dix heures et demie passées. La lune surplombait déjà l'île et sa lueur tombait droit sur la clairière. Il décida de se déshabiller, il était plus de dix heures, il était rare qu'il se couche plus tard. Par ces torrides nuits d'été, il aimait dormir nu. Il entreprit d'enlever ses vêtements mais cela le gênait un peu de ne pouvoir les suspendre comme d'habitude au dossier de la chaise ; il choisit le pied du rocher pour se poser pour la nuit dans la clairière d'où « il pourrait tout passer en revue à fond ». En effet, il lui suffisait de tourner la tête pour voir la côte, la ville et, au-delà de la baie, la pleine mer qui s'était comme répandue sous la lumière de la lune. Le rocher correspondait à peu près à la taille d'une table ; il regarda distraitement autour de lui et chercha d'un œil inquiet un portemanteau et des cintres entre les arbres. Il aurait presque pu lire sous le puissant éclairage de la lune. Il posa le contenu de ses poches sur la dalle de pierre ; il les vida consciencieusement comme il le faisait chaque soir selon le cérémonial compliqué qu'il observait généralement pour s'habiller et se déshabiller ; il vida d'abord les poches de sa veste puis de son gilet et enfin les poches avant et arrière de son pantalon. Sous l'éclairage cru qui dessinait les contours des objets, il fut surpris par le petit tas bizarre qui s'amoncelait lentement sur le plat du rocher. Il demeura interdit devant ces nombreux objets étranges, comme s'il les voyait pour la première fois, il observa, incrédule, la multitude d'accessoires et d'objets utilitaires qu'il transportait avec lui. Tout d'abord, enfilées sur un anneau, les clés : huit en tout, clés de valises et clé de son ancien appartement, de la salle des professeurs de l'institut, d'une bibliothèque, de la lingerie, et une clé plate de sécurité qui lui semblait familière mais dont toutefois il n'arrivait pas à se souvenir quelle serrure elle ouvrait.

Toutes ces clés fermaient et verrouillaient quelque chose ici-bas, des objets, des lettres – à présent, il lui semblait que c'était lui qu'elles enfermaient et excluaient de ce monde ; il les contempla comme un prisonnier qui vient enfin de mettre la main sur la clé de sa geôle. Conserver les choses est spécifique de la captivité, lui ne voulait plus rien garder, ni une personne, ni une chose, ni un secret… D'un geste méprisant, il lança le trousseau de clés sur la pierre. Il extirpa deux portefeuilles de ses poches, un dans lequel il transportait de la monnaie et un autre, boursouflé, rempli de lettres, de notes, de quelques billets de banque, puis il en dénicha un troisième, en cuir rouge, qu'on lui avait fourré entre les mains en guise de souvenir à l'agence de voyages distinguée à laquelle il s'était adressé, et dans lequel il conservait ses billets de chemin de fer et son passeport. Dans la poche à cigares de la veste, il trouva un cigare allemand effrité, quelques cigarettes écrasées et les lunettes noires cerclées de corne qu'il avait achetées peu de temps auparavant à un marchand sur la côte pour se protéger du soleil. Il ôta de son nez ses lunettes à monture dorée, les plia soigneusement, alla chercher dans la poche arrière de son pantalon l'étui en fer-blanc qu'il avait acquis, encore étudiant, pour sa première paire de lunettes et qu'il conservait jalousement depuis, y rangea ses lunettes et le déposa précautionneusement à côté des clés et des portefeuilles, sur le rocher. En tenant cet étui entre les mains pour la dernière fois, le contact intime et la forme familière lui évoquèrent un instant les caractéristiques et les transformations dont pouvait se targuer le modeste objet au cours de sa carrière : il était en fer-blanc doublé de velours violet, sa doublure s'était distendue et noircie au fil de ces vingt-huit dernières années de service et il se souvenait nettement du claquement sourd du couvercle qui, du temps où il était neuf, se fermait avec plus de ressort, plus de force – il entendait ce petit clic et il voyait Leipzig, le magasin d'optique à côté de l'université, à proximité de la pâtisserie – le nom du pâtissier était *Felsche* ! – même sous la torture, il n'aurait pas, au cours des vingt-huit dernières années, pu se souvenir de ce nom… Plus tard, le ressort qui réglait la fermeture du couvercle s'était distendu, relâché, et le couvercle s'ouvrait facilement, sans résistance – il fut presque ému du destin de cette chose sans défense, du déclin innocent d'un objet usagé. Dans les poches de sa veste, il découvrit encore un crayon doré et son stylo-plume, avec lequel il avait toujours des problèmes, la plume était restée dure, elle ne s'était jamais faite à son écriture, elle rendait étranges ses notes manuscrites, il l'utilisait parfois mais uniquement pour signer… Il se sépara du stylo-plume sans regret. Dans la poche extérieure, il trouva un carnet de tickets d'autobus parisiens à moitié utilisé, une fiche où un tailleur local attestait au crayon avoir « reçu la somme de cent vingt dinars pour le nettoyage et le repassage de quatre vêtements » –, l'envers coloré de la facture représentait un fringant officier coiffé d'une toque à plume d'aigrette, lancé à cheval dans la bataille, qui brandissait un flacon de cordial pour l'estomac –, puis il découvrit deux comprimés de charbon animal qu'il avait oublié de prendre dans l'après-midi, au moment où il avait demandé un verre d'eau glacée et avait été interrompu par le téléphone ; il n'en voyait plus guère l'utilité à présent. Il trouva encore une allumette italienne et cet agrégat particulier de peluches qui se forme dans les poches et les doublures. Dans la doublure de sa veste, à la hauteur de la taille, il retrouva dans une petite poche secrète son briquet et une pièce brune de cinq sous dont il se servait pour resserrer la vis du bouchon quand il venait de faire le plein de combustible. Il en avait plus ou moins terminé avec sa veste ; il l'enleva, la tapota soigneusement et à sa surprise, à l'intérieur d'un revers, il trouva une épingle que le tailleur y avait sans doute oubliée. Il accrocha la veste à la branche basse d'un des sapins avoisinants, effaça scrupuleusement les plis à l'épaule et tira les manches bien droites. Il en eut vite terminé avec le gilet. Dans une de ses poches, il trouva un étui plat en cuir contenant du papier à cigarettes double épaisseur, un carnet entouré d'un étroit ruban élastique, rempli des adresses et numéros de téléphone de personnes à moitié oubliées, un ingénieux instrument en nickel combinant cure-pipe, lime à ongles et tire-bouchon, des cure-dents en plume d'oie dans un écrin doré et un canif plat dans une gaine de cuir en compagnie de deux lames de rasoir et de ciseaux à ongles, une loupe de la grandeur d'un monocle, cerclée d'écaille de tortue, un billet d'entrée au British Museum à Londres plié en quatre et une chaîne de montre en or qui n'était plus attachée depuis longtemps à une montre à gousset et qui pendillait inutilement de sa poche de gilet. À une extrémité de la chaîne, il avait accroché un écrin miniature carré, fait d'un entrelacs de minces anneaux d'or, où il gardait deux photographies, un portrait de son père quand il était jeune – il devait avoir dans les trente ans et Askenazi n'arrivait pas à découvrir de traits familiers sur ce visage étranger orné de favoris – et une photo de sa petite fille, le portrait sans âme et sans expression d'un gros nourrisson ébahi contemplant le monde sans intérêt aucun. Il observa minutieusement ces photos puis, ne sachant quoi en faire, il les plaça sur le rocher à côté du cure-pipe et de la loupe. Il découvrit également un fume-cigarette d'ambre, passablement culotté, et un minuscule bout de crayon taillé et retaillé qui devait se dissimuler depuis des années dans sa poche car il n'arrivait pas à se remémorer la dernière fois où il l'avait utilisé. De sa poche de pantalon surgirent son porte-cigarettes en cuir, un holster où, à la place d'une arme, il entreposait une brosse à habits plate, quelques francs belges et français et une lampe de poche sans piles. Il disposa ces objets sur le rocher, recula d'un pas et contempla sa collection avec attention. Il avait vécu avec cet attirail pendant des années, parfois quelque chose s'égarait et parfois l'ensemble s'enrichissait mais, en gros, il avait toujours transporté cet assortiment d'objets, viscéralement attaché à eux comme un artisan l'est à ses outils, incapable de faire un pas sans eux. Il réfléchit à ce qui manquait encore, il détacha ses boutons de manchettes, enleva la montre-bracelet de son poignet, ôta de ses doigts les deux bagues, celle avec le sceau et son anneau de mariage qu'il portait encore, et les plaça à côté des autres. L'ensemble lui semblait ainsi complet. Ces accessoires ne l'avaient jamais quitté et sans doute dans le passé s'était-il senti malheureux de ne pas retrouver l'un ou l'autre. « Jadis, on partait en expédition avec moins d'outils », pensa-t-il. « Christophe Colomb n'en emporta pas tant lorsqu'il embarqua pour faire le tour du monde… » Il tripota quelques-unes de ses bricoles et contempla d'un air incrédule tout ce fatras qui s'était accumulé pendant des dizaines d'années, indépendamment de sa volonté et de sa conscience, qu'il avait scrupuleusement rangé sur la table de nuit tous les soirs et tout aussi minutieusement remis dans ses poches tous les matins, et sans lequel, il n'y avait pas si longtemps, il ne pouvait ni partir en voyage, ni se reposer, ni prendre un repas, ni dormir. Ce n'était pas lui qui avait amassé tout cela mais la vie qui l'avait accroché à lui, une force et une volonté étrangères avaient empli ses poches de toutes ces babioles contre lesquelles il était impossible de se défendre.

Il se déshabilla, plia soigneusement le pantalon sur les plis comme quand il était étudiant et le souvenir de son premier pantalon long lui revint à l'esprit – avant de se coucher, il l'avait lissé avec un plaisir de gandin et l'avait ensuite glissé sous le matelas pour le repasser à bon compte : quel dépit lorsqu'il l'avait retiré, froissé et plié aux mauvais endroits… Il posa les chaussures au pied du sapin en éprouvant quelque regret du manque d'embauchoirs car il aimait bien mettre ses souliers en forme pour la nuit… Il se débarrassa aussi de son linge de corps et fit quelques pas, pieds nus. Les aiguilles de pin en décomposition piquèrent la plante de ses pieds mais il s'habitua vite à ce fourmillement désagréable. Debout au clair de lune, il passa en revue son corps dénudé, privé d'enveloppe et d'ornements ; il se trouvait en hauteur, au-dessus de la mer, et son corps au clair de lune brillait d'une lueur phosphorescente d'un jaune caractéristique, comme les statues dans un musée de cire. Il regarda ses jambes arquées et maigres, sa brioche naissante, ses bras étroits et il haussa les épaules. « Minable », pensa-t-il. « Même pas la peine de le mentionner. Ce n'est pas de cela qu'il était question. » Il s'assit au bord de la clairière, croisa les jambes, les ramena sous les genoux, à la turque, et appuya son dos au rocher, face à la ville et à la mer offerte à lui, étincelante et métallique. « *Impossible qu'il n'eût été question que de cela* », prononça-t-il à mi-voix.

Il regarda autour de lui et prit peur : il eut l'impression d'avoir hurlé ; la mer et le ciel avaient renvoyé sa voix en un écho grondant ; « Ce n'est que la réflexion du silence », se consola-t-il. Il était désespérément seul ici, sur cette hauteur ; seul comme il ne l'avait jamais été de sa vie… et malgré tout il lui semblait avoir déjà expérimenté une fois une telle solitude, le même isolement, sur une terre vide, entre ciel et mer ; la situation était familière, il lui suffirait d'astreindre son cerveau à un effort et il se souviendrait. À nouveau cette sensation de vertige comme dans l'après-midi, quand la femme avait dit « *zwoundvierzig* » et s'était avancée dans l'escalier, et qu'il avait su ce qui allait suivre, il avait entendu chaque son à l'avance, vu chaque mouvement, la lumière dans la chambre aussi, comme s'il avait déjà tout vécu, comme si ce qui se produisait dans le présent était en même temps un souvenir…

Ce rocher, ces deux arbres, l'un au bord de la clairière et le plus haut, au milieu, où il avait suspendu ses vêtements… et la ville en dessous, au loin. Il avait l'impression de voir le lieu où se créait la pensée, qui n'était pas le cerveau – celui-là, il ne le connaissait qu'à travers des planches médicales et il ressemblait à une tresse chaotique avec ses circonvolutions et sa matière pareille à de la bouillie (« *De quoi est fait le cerveau ?* » se demanda-t-il incidemment, nerveusement, essayant de se remémorer le goût de la cervelle de veau ou d'agneau qu'il avait pu manger au cours de sa vie, « *Non, ce n'est pas de la viande, c'est autre chose, une matière plus molle, plus grumeleuse… mais on ne sait pas vraiment* », pensa-t-il, agacé) –, mais cet autre organisme mû par une force inconnue, indépendant des visées pragmatiques, cette source d'énergie donnant naissance aux mots qui n'en sont toutefois que des interprètes timorés. Il se sentit comme avant un départ, comme s'il était appuyé à la rambarde d'un bateau à bord duquel il allait partir faire le tour du monde et qu'il allait enfin savoir à quoi ressemble la terre – il regarda la mer et fut saisi de vertige. Une étrange satisfaction l'envahit ; il pouvait parler, il était enfin seul. Seul, avec lui, en face-à-face, dans un territoire intime, ouaté, capitonné, seuls tous les deux dans ce petit espace cosmique familier où personne ne pouvait les entendre. Il pensa aux prémices de ce dialogue, aux quarante et quelques années pendant lesquelles il avait collecté les mots, aux chemins obscurs, aux efforts pénibles pour en arriver jusqu'ici. Il se sentit un peu fatigué et s'étira. « *Tu sais, ce n'était pas bien* », dit-il amicalement, sur un ton confidentiel. « *Dès la première minute, je me suis senti mal... Comme torturé par un souvenir.* » Il parlait plus fort à présent comme s'il avait fermé une porte à clé et ne craignait plus d'être entendu. « *Ce n'est pas vrai que ce soient les grandes douleurs qui sont le plus insupportables... Ce qu'on ne peut supporter, ce sont les petites souffrances, non, ce ne sont même pas des souffrances, on ne ressent pas chacune d'entre elles individuellement, c'est tout un ensemble. Attends, je vais t'expliquer.* » Il regarda devant lui avec une expression angoissée, puis il sourit et secoua la tête d'un air contrarié. « *Non, si je réduis tout à des fragments, ça va être ridicule, peut-être même incompréhensible... Je t'assure, au jour le jour, je ne me suis même rendu compte de rien. C'est l'ensemble qui est insoutenable.* » Il répéta plus fort, d'une voix déterminée, sévère : « *Insoutenable.* » Il continua d'une voix plus légère, plus conciliante, comme quelqu'un de retour d'un voyage en rapporte les menus et banals désagréments. « *Impossible de tout raconter, il y en a tellement eu... Tiens, c'est comme la languette des souliers. Ça, évidemment, tu n'y as pas pensé. Je reconnais que lorsqu'on crée quelque chose de grand, un univers par exemple, on ne peut pas s'occuper de chaque détail insignifiant. La languette de la chaussure qui glisse... Je ne sais pas pourquoi mais voilà, elle glisse et la socquette de couleur claire ressort à travers le mince interstice sous le lacet...*

bien sûr, ce n'est pas essentiel, ça ne vaut même pas la peine de le mentionner... Seulement, tous les jours, tu sais... Il est vrai qu'il suffirait de demander au cordonnier de faire un point pour la maintenir en place... mais on ne dit rien. C'est étrange. On ne dit jamais rien. Quand j'achetais une nouvelle paire de chaussures, je me promettais toujours de lui en parler tout de suite... mais si j'évoque ceci, c'est justement parce qu'on ne le fait jamais. Peut-être par timidité... Non, vraiment, ce n'est rien, ce n'est pas la peine d'en parler. C'est comme le peigne. Au bout de deux semaines, les espaces entre les dents se remplissent d'une sorte de poussière grasse... on a beau se laver les cheveux, le peigne se salit. Il y a des gens qui le nettoient avec leur brosse à cheveux et une fois j'ai vu quelqu'un passer un fil tendu entre les dents pour enlever la saleté qui s'y était agglomérée. Mais c'est très compliqué. Et les commerçants, il y a tellement de problèmes aussi avec eux. » Il regarda devant lui, soucieux. « *Les lames de rasoir* », continua-t-il, comme s'il révélait un secret commercial, en baissant la voix, « *leur qualité, hélas, n'est pas toujours identique. Il y a autant de différences que de lames. Si tu achètes en une seule fois dix lames dans un paquet, il est vraisemblable que tu ne pourras en utiliser que deux... Je me demande si on ne les falsifie pas, si on ne reprend pas des lames usagées pour les retailler et les revendre. De nos jours, ce n'est pas impensable... Il serait plus avisé d'acheter une lame à la fois mais c'est tellement mesquin, le commerçant te regarde de travers et tu es gêné. De manière générale, les choses sont ainsi, le cordon où tu suspends tes cravates se détache parce que tu t'es contenté de le fixer au battant de l'armoire avec des punaises. Tu tires une cravate, et toute la liasse dégringole… Le miroir est toujours accroché au mauvais endroit, dans l'ombre. Il suffirait de planter un seul clou, de dire un seul mot… Voilà, c'est de cela qu'il s'agit.* » Il regarda devant lui, anxieux. « *Tu vois, on ne dit rien parce qu'on a toujours l'impression qu'il faut se dépêcher, qu'on a quelque chose à faire, quelque chose qu'on ne peut différer, une affaire formidable et importante, impossible à résoudre si on n'est pas là… On t'attend, tu dois arriver à temps… Dans l'ensemble, personne n'a rien à faire d'essentiel. Seul travaille celui qui est obligé… Mais il faut faire semblant de se presser, y compris quand on est seul… On court tellement qu'on n'a pas le temps de planter des clous ou de se soucier de futilités comme la saleté d'un peigne… Non, toutes ces choses ne sont pas de la douleur. Seulement c'est très difficile, comprends-tu, je ne sais par où commencer… Je ne peux pas dire que ma vie a été insupportable. La vie, je ne la connais pas… Je ne l'ai jamais vue… Insupportable, comme après la manucure, quand la jeune fille commence à frotter les ongles avec cette brosse de cuir… Elle déclenche une douleur brûlante comme si la peau s'enflammait… mais un homme ne peut pas parler de ce genre de chose, c'est ridicule. Je le mentionne seulement pour que tu te rendes compte. Il se peut que l'œuvre dans sa totalité soit parfaite, je ne sais pas. Mais les détails sont imparfaits. Partout, toujours, il y a un problème. À l'hôtel, avec la salle de bains. On veut faire des économies et on prend une chambre sans salle de bains… Mais moi, hélas, quand je vais à la salle de bains et que je me rends compte que quelqu'un a pris un bain juste avant moi, je ne le supporte pas… La baignoire a beau avoir été nettoyée, il suffit que des empreintes de pieds mouillés marquent le sol en linoléum… Ça, non, je ne le supporte pas.* » Il eut un sourire craintif, implorant. « *Excuse-moi* », poursuivit-il poliment, « *je sais que ce ne sont pas des arguments… Je devrais dire que la vie est insoutenable parce que existent la maladie, la mort, la guerre, la potence, la caserne, la misère, la trahison… Mais tout cela est si lointain, la plupart du temps… C'est ce qui est véritablement proche, au quotidien, qui ne va pas… des choses infimes. Comme la goutte d'eau sur la tête du prisonnier chinois, quelque chose te tombe dessus tous les jours, à toutes les minutes… l'allumette ou le briquet qui noircit ton pouce, ton bouton de manchette, les timbres que tu colles de travers et qui te donnent l'impression que ta lettre ne vaut plus rien… Ensuite les mensonges qui t'accompagnent pendant des décennies… Un jour, tu as menti à quelqu'un, tu ne sais même plus pourquoi, c'était à un moment où tu voulais paraître plus intelligent ou plus distingué ou tout simplement pour dire quelque chose. Parfois, j'entends ma propre voix comme si ce n'était pas la mienne. Ce mensonge te poursuit par la suite et quelque part vit quelqu'un qui sait quelque chose de toi et quoi que tu fasses, tu as beau affirmer que tu as toujours voulu bien faire et travaillé pour le bien commun – cet homme, seul dans une pièce, se contente de sourire d'un air condescendant... Chaque être humain a un homme comme celui-là... Dis-moi, pour Toi, ne serait-ce pas le diable qui jouerait ce rôle ?... Cet autre qui sait quelque chose de Toi ?... Sinon, quelle serait sa fonction ?... Pour nous induire en tentation, nous autres hommes, peut-être n'aurait-il même pas été nécessaire d'inventer un dispositif aussi élaboré que l'enfer et les démons, il aurait suffi de bien moins... Le diable est assis en enfer et sourit dans sa barbe car il sait quelque chose de Toi... Ah, ce n'est pas possible ?... Pardonne-moi, je ne fais que poser la question... Quelque chose m'a toujours troublé, parfois je m'arrêtais dans la rue, je regardais autour de moi... J'avais toujours peur d'oublier, il allait faire nuit soudain, j'allais devenir sourd, et je ne serais même plus capable d'évoquer le souvenir... Ce souvenir, pour quoi faire ?... Mais voilà, justement, ici il me manque un mot... Dans toutes les langues, il manque exactement ce mot unique, elles ne font que le contourner et même les plus avisés d'entre nous travaillent avec des synonymes. Les choses, Tu sais, ne sont que des instruments de torture... On ne fait plus attention à rien quand on commence à brûler à petit feu... Ah, ce feu lent... Toujours, au réveil et au moment de m'endormir, jusque dans mes rêves, toujours... Cette fumée étouffante, cette odeur de viande grillée... C'est très douloureux... Dis-moi, pourquoi ne parle-*

t-on pas de cela ?... Personne, jamais, tout le monde se dérobe finalement... On dirait que c'est impossible... Tu vois, moi, j'ai été obligé de grimper sur cette colline pour être enfin seul avec Toi et oser poser des questions. » Il se tut. « *Tu sais, en fait, j'ai toujours pensé aux femmes* », dit-il plus tard, simplement. « *C'est à cause de cela que je travaillais, que je voyageais. En réalité, ce n'était pas aux femmes que je pensais, non, c'était à la chose elle-même. Moi, je ne sais pas ce qui trotte dans la tête des gens, ce qui est vraiment important pour eux : le courant électrique, la séduction, la grandeur ou la dignité de l'empire... ou alors ils ne s'intéressent à tout cela que parce qu'ils n'arrivent pas à atteindre l'amour... L'amour, quel mot... Mais bien sûr Toi Tu sais, c'est Toi qui l'as inventé... Découverte divine, vraiment... comme ce devait être bien quand il était véritablement question de cela... Je n'ai jamais eu rien d'autre dans le crâne... Et je soupçonne chacun d'entre nous de ne rien vouloir d'autre, jamais, que cet instant... Ce qui est louche, c'est celui qui fait aussi autre chose... Je crois que l'homme heureux ne s'occupe de rien d'autre et en aucun cas il n'est enclin à aller au bureau ou à faire de la politique... Pourquoi ? Ce ne sont vraiment que des détails... Pendant quarante ans, personne ne s'est rendu compte de rien en ce qui me concerne.* » Il hocha la tête, tristement, en signe de désapprobation. « *Je T'avoue que tout ce que j'ai fait, c'était en fonction de ça. Je voulais ce qu'il y a de mieux, la formulation la plus claire, je voulais traduire Ton verbe dans la langue de la vie telle que Tu l'as formulée à l'origine... Hélas, il semble que ce soit impossible. Les mots manquent, ils sont imparfaits et grossiers, ils sont loin des origines... Dans toute situation, que je fusse éveillé ou endormi, ce verbe me hantait... Comme une mélodie qui bourdonne dans les oreilles, on ne peut penser à autre chose... Je me suis battu contre lui, je l'ai chassé, j'ai consulté mes livres... Imagine seulement, j'ai même fait du sport, je me suis inscrit au parti radical-socialiste... Je sais, c'est grotesque, mais je ne savais pas encore à ce moment-là... De plus, j'en ai longtemps eu peur parce que je croyais que c'était un péché... C'est ce qui était le plus étrange...* » Il sourit, satisfait, d'un mauvais sourire. « *Pendant longtemps, je n'ai pas compris le côté physique de la chose... Moi aussi, j'ai cru que c'était un ensemble, qu'il fallait en passer par là, que ça en faisait partie alors qu'en réalité il n'était pas question de cela mais de bonté, de don, d'amour... Eh bien, non.* » Il poussa un hurlement ; il leva son visage vers le ciel et s'écria d'une voix rauque : « *Non, non ! Ce n'est pas vrai ! Tu m'as trompé !* » Il se couvrit les yeux de ses mains, se voûta. La mer lui renvoya ses paroles en grondant. Le corps ployé, il se tenait humblement. « *Pardonne-moi !* », répéta-t-il doucement. « *Ça fait très mal. Bien sûr, on se laisse emporter quelquefois, comme moi à l'hôtel, tout à l'heure... On est consciencieux, croyant, on cherche un principe, un idéal... au lieu de cela, on trouve des fragments de chair, que la plupart du temps on monnaye, celui qui paie davantage a droit à de la meilleure qualité... Il ne faut pas nous en vouloir si la déception nous accable... Et puis ces éternelles et multiples occupations secondaires, ces bricolages, le travail officiel, les discussions qui nous distraient... Je ne dis pas que de temps à autre je ne me sois pas calmé. Mais pour si peu de temps... Une fois je rentrais chez moi dans le brouillard, on avait allumé les becs de gaz aux coins des rues et ils brûlaient avec des flammes immenses... alors j'ai été heureux et il ne me manquait rien, mais cela n'a duré qu'une demi-heure... Une fois en été, un matin, dans le jardin... Une autre fois au théâtre, la musique m'a touché de près, particulièrement l'un des violons... J'ai fermé les yeux un instant... Quand j'ai survolé les Alpes et qu'une hélice a fait un soubresaut, l'appareil s'est mis lentement à descendre comme en boitant... Mais tout cela n'était rien par rapport à ce que Tu avais promis, rien que des échantillons... Moi, je me souvenais de Tes promesses... Cet aspect de la chose m'a longtemps troublé, surpris... Allons, me disais-je, c'est impossible... Ce serait ridicule, une réalisation impropre et primitive d'une extraordinaire idée, Ton idée... Personne ne parlait de ça non plus, jamais... Ce dont j'entendais parler à ce propos n'était que des âneries et des détours... On dessinait des graphiques sur la volupté et on analysait les glandes... Impossible de rien faire d'autre que d'en rire, de tout cela.* » Et comme s'il parlait à d'autres personnes qui auraient écouté dans l'obscurité, il chuchota : « *Incroyable, pensais-je, qu'Il ait si peu réussi ce qu'Il voulait faire... Ce travail est bâclé, un ignorant a volé l'idée et l'a réalisée à sa place... ça ne peut être qu'un malentendu... Ne m'en veuille pas, j'avais tellement confiance en Toi* », continua-t-il plus fort. « *Tu te souviens, j'étais encore jeune et je fréquentais la clinique... j'avais déjà choisi à ce moment-là : j'étudiais Platon et je méprisais la pédanterie des carabins... J'entrais dans la salle de dissection avec morgue, je considérais avec dédain l'innommable matière que certains manipulaient avec tant de sérieux et de fatuité, comme si cette fange pouvait trahir son secret... ils se livraient à des recherches sur le corps, c'était ridicule... je regardais les muscles, les reins et les organes, et je haussais les épaules... Eh oui, pensais-je, ce sont des outils assez ingénieux... et "c'est bien pratique", ainsi que disent les petits enfants à leur nourrice... je croyais encore qu'il ne fallait pas y prêter une attention particulière, de la même façon qu'un penseur ne se soucie pas de l'encre et de la plume avec lesquelles il écrit...* » Il continua d'un débit saccadé : « *Ah oui, à petit feu... Un jour, j'ai commencé à avoir mal, Tu sais, la chair est endolorie, comme une maladie... Tu ne connais pas ça sans doute... Oui, c'est notre problème, c'est l'humain en nous* », ricana-t-il. « *L'éternel humain... Quand ça m'a fait très mal, j'ai commencé à être plus attentif... c'était comme une brûlure au troisième degré, rien ne pouvait apaiser la douleur, ni les baumes gras, ni les médicaments... À chaque instant, ils attisaient le feu, dans la rue, quand quelqu'un passait à côté de moi, chaque coup d'œil, chaque poignée de main...*

oh, mais pendant ce temps, j'arrivais parfois à assommer le mal, j'apprenais le turc, j'écrivais un livre, je gagnais un prix, je me suis marié… De temps en temps, c'était comme s'il n'y avait pas eu de problème… Puis, brutalement, cette flamme, cette incandescence blanche qui touche la chair – on aimerait hurler et sortir de la maison… Mais on reste tranquillement assis et on sourit, on bavarde ou on fait la cour… On se trompe toujours sur cette douleur, on parle d'érotisme… Qu'est-ce que c'est ?… L'érotisme, je ne l'ai que très rarement rencontré… Une fois, j'étais assis dans le hall d'un hôtel, après déjeuner, et du fauteuil voisin une jeune femme s'est levée, s'est dirigée vers l'ascenseur en faisant signe à son mari de la suivre… Ils sont entrés dans l'ascenseur et je n'ai plus vu que la main et le bras de la femme alors qu'elle fermait lentement la porte… l'ascenseur les a emportés… Je crois que c'est le seul geste érotique dont je me souvienne… Ce que j'ai observé dans la salle de dissection n'avait rien d'érotique », dit-il simplement, d'une voix contrite. « *Et plus tard non plus, ce que j'ai vécu au lit. Peut-être cet après-midi quand j'ai touché son cou… Tu sais, elle n'a pas compris ce que je voulais… La pauvre, elle n'avait fait que m'inviter, comme les autres, elle m'a jeté une brassée de bois pour que le petit feu ne s'endorme pas… Comme les autres, n'est-ce pas ?… C'est ce qu'elle avait appris… Mais un jour on s'énerve et on leur tape sur les doigts… Dommage qu'elle ait retiré ses mains quand j'ai voulu les prendre… Alors j'ai attrapé son cou… Tu sais, je voulais simplement lui dire que cela ne valait pas la peine de se détruire pour une femme, que c'était ridicule... Mais elle s'est conduite avec une telle maladresse... Je voulais lui dire que mon accord avec Toi était différent.* » Il était debout, la tête basse, et il se tut. « *Dis-moi* », demanda-t-il plus tard, tout à fait doucement, d'une voix amicale et engageante : « *Pourquoi m'as-Tu trompé ?* » Il regarda autour de lui et attendit la réponse avec curiosité. Et puis, comme elle tardait à venir : « *Tu vois, Tu vois* », dit-il sur un ton de réprimande et de reproche : « *Tu ne peux pas répondre, n'est-ce pas ?... Eh bien, nous voilà dans le pétrin maintenant.* »

Il s'avança entre les deux arbres, appuya son dos contre le sapin au corps élancé et, immobile, il contempla la mer. Quand l'aube commença à poindre, il étira les deux bras, s'accrocha aux branches de l'arbre et, difficilement, en faisant un effort, comme si les mots lui parvenaient à l'esprit un par un, il dit lentement, mécaniquement : « *Mon Dieu. Mon Dieu.* » La brise du petit matin balaya la surface de la mer et il faisait de plus en plus clair comme si un vaporisateur dispersait en cercles la lumière froide. Il voyait déjà la côte et aperçut le canot à moteur qui s'approchait. « *Pourquoi m'as-Tu abandonné ?* »..., questionna-t-il silencieusement. Il pressa son visage contre l'écorce de l'arbre et ferma les yeux. Il se sentait très las.

Ils s'approchèrent de lui, les armes à la main, mais quand ils se rendirent compte qu'il ne bougeait pas, ils s'arrêtèrent à quelques pas de distance

– ils étaient quatre, deux gendarmes avec des baïonnettes et deux policiers avec des revolvers – et ils le regardèrent avec embarras. Plus tard, un des policiers enleva sa cape imperméable et en recouvrit le corps nu et frissonnant. Ils l'entourèrent et le conduisirent sans mot dire au canot à moteur ; dans leur trouble, ils oublièrent de lui passer les menottes. Le fabricant de porcelaine, debout au premier rang de la foule qui attendait sur la jetée, remarqua ce manquement au règlement et en avisa le commandant des gendarmes, sur un ton de bonne volonté, mais tout de même incisif et docte. L'officier haussa les épaules et fit signe à ses hommes d'attacher les mains d'Askenazi. Avant de pénétrer dans le taxi, le prisonnier se retourna et, se dressant sur la pointe des pieds, d'un regard curieux et attentif, scruta l'horizon au-dessus de la foule, en direction de l'île. Dans la lumière à présent violente, celle-ci se profilait avec des traits nets et vifs ; il la contempla avec curiosité et sourit. Certains sifflèrent entre leurs dents quand ils virent ce sourire puis, scandalisés, se mirent à crier. Les policiers l'empoignèrent, le poussèrent dans le taxi, et le chauffeur fonça à toute vitesse au milieu de la foule qui se dispersait. Plus tard, maintes personnes soutinrent que, même à travers la vitre du taxi, elles l'avaient vu arborer un sourire « moqueur et cruel ».

Sándor Márai dans Le Livre de Poche

Les Braises n° 3378

À travers la dramatique confrontation de deux hommes autrefois amis, *Les Braises* évoque l'inéluctable avancée du temps. Livre de l'amitié perdue et des amours impossibles, où les sentiments les plus violents couvent sous les cendres du passé, tableau de la monarchie austro-hongroise agonisante, et redécouverte d'un immense auteur.

Les Confessions d'un bourgeois n° 3369

Márai nous propose tout à la fois son itinéraire personnel et une description subtile de la bourgeoisie hongroise au début du XXe siècle. Il se souvient de ses ancêtres, riches artisans, des traditions et des idéaux qui ont pétri un milieu épris de démocratie et de modernité avant que son accession au pouvoir et l'oubli de ses devoirs ne le condamnent au déclin.

La Conversation de Bolzano nº 3361

Casanova, à peine échappé des « plombs » de Venise, se réfugie à Bolzano. Aux prises avec Francesca et l'inquiétant comte de Parme, son vieil époux, il rencontre et finit par vaincre à sa manière la tentation de l'Amour. Inspirée d'un épisode de la vie de Casanova, une aventure troublante du séducteur vénitien.

Divorce à Buda nº 3386

Deux hommes se retrouvent après de longues années pour un face-à-face nocturne. L'un est juge, l'autre médecin. Anciens camarades d'école, c'est le divorce du médecin, que le juge s'apprête à prononcer, qui les réunit. Autour de la figure d'une femme, la réminiscence du passé fait émerger peu à peu un secret enfoui.

L'Héritage d'Esther nº 3374

Une femme voit ressurgir le seul homme qu'elle a aimé et qui lui a tout pris, ou presque, avant de disparaître vingt ans plus tôt. La confrontation entre Esther la sage, ignorante de ses propres abîmes, et Lajos l'insaisissable, séducteur et escroc, est l'occasion d'un face-à-face où le passé semble prêt à renaître de ses cendres.

Libération n° 31300

En avril 1945, Budapest est libérée par l'armée russe au terme d'un siège implacable. Pendant les dernières semaines du siège, une centaine de personnes se terrent dans les caves d'un immeuble, attendant l'issue d'un combat incertain.

Mémoires de Hongrie n° 3430

Rédigés vingt ans après les événements évoqués, ces Mémoires composent une fresque saisissante de la Hongrie à une époque cruciale de son histoire et mettent en lumière le trajet bouleversant de l'auteur des *Braises*.

Métamorphoses d'un mariage n° 31076

Ilonka, Peter, Judit confient « leur » histoire. L'épouse amoureuse et trahie. Le mari cédant à la passion. La domestique ambitieuse qui brise le couple. Trois récits-confessions qui cernent au plus près la vérité des personnages.

Le Miracle de San Gennaro n° 32141

Naples, 1949 : un couple d'étrangers discrets, « l'homme » et « la femme ». D'où viennent-ils ? nul ne le sait. Un jour, l'étranger est retrouvé mort au pied d'une falaise. À travers l'enquête du vice-questeur et les récits de ceux qui le côtoyaient, se dégage le portrait d'un réfugié au statut fragile.

Paix à Ithaque n° 3411

Márai nous transporte parmi les héros d'Homère, au milieu des dieux, des demi-dieux et des nymphes… Une grande fresque sur les démêlés des dieux et des hommes, sur les passions humaines, sur l'amour et la jalousie, sur la vie et la mort.

Le Premier Amour n° 31943

Dans une petite ville de la province hongroise, un respectable professeur de latin entreprend de tenir son journal. Des bribes de souvenirs d'enfance lui reviennent, la glace qui recouvrait ses émotions se craquelle, et sa propre vérité surgit enfin. Cette fêlure en annonce une autre : une passion amoureuse, violente, ravageuse…

Les Révoltés n° 3370

Tandis que leurs pères sont au front, des adolescents livrés à eux-mêmes inventent des jeux qui leur permettent de renverser le monde des adultes, d'échapper à l'autorité de leur famille. Sur fond de guerre, la découverte de la vie, de la sexualité, le passage du rêve de l'enfance aux réalités du monde ne vont pas sans danger.

Un chien de caractère n° 3406

C'est une petite boule de poils qui gambade et aboie. Il n'est pas beau mais semble avoir de l'esprit et bientôt, grâce à ses maîtres, de bonnes manières... Tchoutora est le nom de ce chiot joyeux que Monsieur a décidé d'offrir à Madame en ce Noël 1928.

Du même auteur
aux Éditions Albin Michel :

LES RÉVOLTÉS, 1992.
LA CONVERSATION DE BOLZANO, 1992.
LES CONFESSIONS D'UN BOURGEOIS, 1993.
LES BRAISES, 2001.
L'HÉRITAGE D'ESTHER, 2001.
DIVORCE À BUDA, 2002.
UN CHIEN DE CARACTÈRE, 2003.
MÉMOIRES DE HONGRIE, 2004.
MÉTAMORPHOSES D'UN MARIAGE, 2006.
LIBÉRATION, 2007.
LE PREMIER AMOUR, 2008.
LE MIRACLE DE SAN GENNARO, 2009.
LA SŒUR, 2011.

Le Livre de Poche s'engage pour l'environnement en réduisant l'empreinte carbone de ses livres. Celle de cet exemplaire est de :
250 g éq. CO_2
Rendez-vous sur www.livredepoche-durable.fr

PAPIER À BASE DE FIBRES CERTIFIÉES

Composition réalisée par Datagrafix

Achevé d'imprimer en mai 2012 en France par
CPI BRODARD ET TAUPIN
La Flèche (Sarthe)
N° d'impression : 69033
Dépôt légal 1re publication : juin 2012
LIBRAIRIE GÉNÉRALE FRANÇAISE
31, rue de Fleurus – 75278 Paris Cedex 06

31/6673/3